远去的河畔

傅菲 著

黄山书社

图书在版编目(CIP)数据

远去的河畔 / 傅菲著. -- 合肥 ：黄山书社，
2022.3
（原乡人书系）
ISBN 978-7-5461-8863-8

Ⅰ.①远… Ⅱ.①傅… Ⅲ.①散文集—中国—当代
Ⅳ.①I267

中国版本图书馆 CIP 数据核字(2019)第 299902 号

远 去 的 河 畔
YUANQU DE HEPAN

傅菲　著

出 品 人　贾兴权
责任编辑　张月阳
插　　图　马　叙
装帧设计　有品堂_刘　俊　张俊香
出版发行　时代出版传媒股份有限公司(http://www.press-mart.com)
　　　　　黄山书社(http://www.hspress.cn)
地址邮编　安徽省合肥市蜀山区翡翠路 1118 号出版传媒广场 7 层　230071
印　　刷　安徽联众印刷有限公司
版　　次　2022 年 4 月第 1 版
印　　次　2022 年 4 月第 1 次印刷
开　　本　880mm×1230mm　1/32
字　　数　140 千字
印　　张　7.5
书　　号　ISBN 978-7-5461-8863-8
定　　价　46.00 元

服务热线　0551-63533706
销售热线　0551-63533761
官方直营书店(https://hsss.tmall.com)

目录

星空肖像 /001

渊薮 /010

顶粪筐的人 /032

父土 /048

宗谱的荒野 /070

河漫漫 /084

枫林渡 /105

水声淹没 /124

瓦屋上的星辰 /136

河，河，河 /145
旧痕 /165
远去的河畔 /174
个人饥饿史 /199
草帽下的雨季 /208

后记　生命气场是散文的第一要素 /230

星空肖像

时光夹裹着无际的黑暗而来，缓慢而磅礴，深深塌在祖父的脸上。这是祖父的另一种沦陷。他脸上堆叠着时间的褶皱，呈波浪形，覆盖了他灰白色的记忆。他明白，人生终究是一次单程旅行，路上众人喧哗，而最终的旅程是孤身一人。他躺在厢房的平头床上，睁开凹陷的眼睛，看着黑褐色的瓦垄。祖父已经卧床两年，背上长出了褥疮。厢房光线黯淡，一扇木格窗对着一片田园，馥郁青葱的植物气息浮在空气中，被一阵微风带进祖父虚弱的鼻息。这时，祖父会对我说，你扶我到后院去坐坐。

后院有两棵枣树、一棵柚子树，有两排瓜架搭在矮墙上。南墙是南瓜架，北墙是黄瓜架，初夏时节，肥厚宽大的南瓜叶和细长粉黄的黄瓜花，给院子增添了闹意。与院子毗邻的是禾苗茂盛的田园。祖父坐在枣树下，有了复苏的感觉。枣花粉细地白，压在树丫上，一层叠着一层，像一顶编织的花冠。每天傍晚，祖父都会在后院里小坐。晚霞褪去了绯红，化为一片片缠绕飘忽的白云，不远处的山峦青黛如眉，天空澄蓝如洗，爆出三两颗星星。祖父的衰老是从两条腿开始的。他是罗圈腿，过了八十岁，双腿已经不能承受身体的重量。他说，人的衰老就像一栋倒塌的旧房子，屋漏一阵子，墙颓败了，柱子坍塌，荒草从厅堂里长了出来，整个儿成了一片废墟。

是的，祖父平静地迎接（而不是屈从）自己身体的坍塌。在卧床的两年时间里，他从不呻吟，也从不抱怨。他慢慢等待沉寂时刻的到来（像厚重泥土的覆盖）。有几次，祖父一个人在厢房里，突然爆出一句：“你是谁，为什么站在我的床前？”我听到质问声，连忙跨进厢房，只见灰尘在木格窗的光线里悬浮，密密的，闪着恍恍惚惚的光泽。祖父说，刚刚有一个穿黑衣的人站在床前，高高大大，手上拿着桃木手杖，不说话，咧嘴笑着。我说，那是你的幻觉，我们村里没有拿桃木手杖的人。祖父说，噢，你去拿酒来，我想喝一口酒，好几天都没喝了。我说，你早餐还喝了小半碗呢。

烧酒、麻子馃、肥肉、辣椒，是祖父一生的至爱。麻子馃我吃不了三个，他却能吃一大盘。一块巴掌大的炖肉，两口就能吃完。他的嘴巴把肉包住，一口咬下去，肥油从嘴角两边噗呲溅出来，他用手抹一下嘴，说，烧酒肥肉老婆，是三件宝啊。在后山的菜地，他种满了朝天椒。我吃朝天椒，嘴唇都辣肿起来，祖父却一口一个。新谷归仓了，他选上好的谷料挑到酒坊里，对酿酒的师傅老四说，出酒的时候叫上我啊。

打开后院的柴扉，拐过两条田埂，弯过一个荒冢，就到了酒坊。酒坊在一座宅院里，乌黑的苍蝇在宅院的上空嘤嘤嗡嗡，酒糟的香气四散。出酒的那天，祖父肩扛一个大酒缸，我手提两个大锡壶，早早到了酒坊。锡壶是装头酒和尾酒的。我坐在石灶前，负责添火。大铁锅上罩着一个两米多高的木甑，木甑上压着一口盛满水的铝盆。一根细长中空的竹管从木甑顶端的切口上连接到酒缸。祖父端来小圆桌，摆上腌辣椒、酱蒜头、南瓜干等小菜，坐在酒缸边，喝一口酒，摇一下头，说，辣口，辣口，这样的酒喝下去，再辣的太阳也扛得了。蒸汽弥漫了整个酒坊，酒香引来四邻的酒客，小桌围满了人，有的站着，有的坐在灶墩上，品着刚出炉的热酒。祖父酒量大，很少醉。假如他说话有些结舌了，脸色酱红，不时地摸自己光光的脑门，手势略显夸张，说明他已经微醺了。

矮小，强壮，宽厚的脊背像一堵墙——这是我年幼时记忆中的祖父。吃过午饭，祖父端一条板凳坐在屋檐下，叫我："给我刺刺水泡。"每到夏天，他的脊背上冒出密密麻麻的酒疹。酒疹有一个个细小的水泡，水泡破裂，疹水流过的皮肤会在第二天冒出珠泡。我用酒在他的背上抹一遍，再用竹签把珠泡剔破。酒疹溃烂，有腥臭味。但我不怕，刺水泡仿佛是我的一种乐趣。我并不知道，祖父终身都被酒瘆所折磨。 他差不多有半年的时间是打赤膊的，穿一条宽大湛青色短裤，光着脚，腰上别着一个油亮亮的布烟袋。他坐在板凳上，躬起身子，像一面牛皮鼓——由此我认识了男人的身体，健壮如牛，结实如泥，浑身有着瓷缸的釉色。

一个死人，三十二年后，仍然冰凉在我的记忆里。他是我的邻居和尚老爷。他七十多岁，自然死亡。我母亲说，和尚老爷死了，我带你去拜拜，他会保佑你的。那年我六岁。我拽着母亲的衣角，推开邻居厚重高大的木门，看见门后的躺椅上盖着一块白布。母亲把白布掀开，露出一张七十多岁的男性脸孔。或许是光线阴暗的缘故，脸孔发黑，颧骨高耸，嘴巴张开，露出不规则的牙齿。我吓得号啕大哭，夺门而逃。恐惧的记忆具有一种压迫感。

我不知道这种压迫感是否与生俱来。祖父卧床的那年秋天，祖母仙逝，享年八十六岁。其实祖父过了八十岁，就不能下地了，而祖母还是异样的强悍。祖母和祖父同庚，比祖父早一天出生。我三姑家离我家有五里路，八十岁的祖母还能一个上午走一个来回。她挎一个竹篮，提着时鲜菜蔬，颠着三个手指宽的小脚，沿着山边羊肠小道，给三姑送菜去了。有一次，到了日落时分，祖母被邻村的石匠师傅送回了家。祖母说，她走到夏家墓的十字路口，走错了岔道，迷路了。邻居冬瓜婆婆一次路过我家门口，对我说，别看你祖母身体好，可能你祖母会先你祖父而去。我有些不高兴，对活着的人议论死期是极不恭敬的。冬瓜婆婆脸上长满皮癣，有一块块的花斑，她说，你祖母的后脑门都竖起来了，你祖父腿脚虽不灵便，但脑壳像个南瓜，浑圆的。

坐在高脚凳上的祖父有点像个孩子。每到吃饭，他会说，今天怎么没客人呢。有客人，就有人陪他喝酒了。客人来了，他坐在上座，拉开架势，吆喝我："把酒拿上来，我要开开酒戒。"其实他每餐都喝，谁都劝不住。他说，酒都不能喝，还做人干吗。我祖母就骂他，一个老不死的老头，饭都盛不了，喝起酒来有使不完的劲。祖父是个乐观的人，即使下不了地，也还是清清爽爽的。他说，你别看我罗圈腿，我一辈子走了三辈子的路，你看看，这栋房子的木料，哪一根不是我从高浆岭扛来的，一个晚上要走八十里山路，走了整整三年。祖母却不一样，神志有些不清，自己家的菜地也找不到，换下来的鞋子也不知道扔哪儿了。她有一个小菜橱，有好菜，她就盛一碗，放在里面备着。但她一直忘记吃，等她端出来吃时，菜早已霉变，引来绿头苍蝇，嗡嗡嗡，吵死人。

后院的枣树下，祖母坐在笸箩边，把旧鞋底拆下来，用米糊一层层地粘上布料，又一针针地纳起来。祖父坐在她边上晒太阳。隔一会儿，祖父喊一声："荷荣，荷荣。"我祖母应一声："老头子啊。"一个叫着，一个应着，但彼此都没有别的话说。柚子花开的时候，整个院子有一种黏稠的青涩香味，给人潮湿温润的感觉。矮墙上的瓜架一天天抽出藤蔓，撑开毛茸茸的瓜叶。一地的枣花如蓝花布上斑斓的图案。

一九九三年的秋天，是一个特别暖和的秋天。地气上升，田地金黄。干燥的泥土很容易让人嗜睡，山峦下的村舍寂静无声。祖母在酣睡中再也没有醒来。祖母面容慈祥，像一块被雨水冲刷多年的瓦，纹理细密，手摸过去，有时间的质感。她的眼角有白色的浑浊液体。这是她每到秋天就有的。每到这个时候，祖父端一把锄头，提一个竹篮，到山涧边，挖一些金钱草、蛤蟆草，晒干，熬汤给祖母喝。

死亡变得不像我恐惧中的那般可怕——一个拒绝聆听和观看世界的人，不会介入喧哗。祖父睡在另一个房间，他静静地听着我们干涸的痛哭，只有在沉睡的时候，才会不断地叫："荷荣，荷荣。"声音低沉，像一股岩浆埋在废弃的井里。十多年之后，我仍然能听到这个声音，从井盖的裂缝里突然冒出来，荡然回响。祖母的房间一直空在那儿，麻丝的蚊帐泛着淡黄色，草席上仿佛还留有人熟睡时的体温。祖父有时候整个下午坐在床沿上，仿佛在等着熟睡的人醒来。他用手摸摸草席，摸摸枕头，拍拍被子上的灰尘，把半开的窗子完全打开，从衣柜里翻出祖母的鞋子摆在床前。仿佛这是一天的早晨，他们穿衣下床，开始一天的生活。仿佛他们一生经历的事情，又重新开始。

溽热的夏天，南方的空气会冒出噼噼啪啪的火花。三哥背着祖父去饶北河洗澡。菟丝子缠绕着柳树，西瓜地里的茅棚在旷野中显得孤零零的。饶北河在村口形成半月形的河湾，洋槐像瀑布一样，翻卷着向上喷涌。祖父的手臂干枯如藤条一般，搭在三哥的肩膀上，脚细瘦，弯曲，略有变形。祖父的身体，在漫长的岁月里，如涨高的潮水，汹涌着力量，现在潮水已经完全退却，露出遍是嶙峋的石头的河床。他甚至说话都需要耗费巨大的精力。祖父曾经是村里最好的水手。饶北河暴涨的季节，上游冲下来浮木，他跳进水里，把浮木捞上来。他打个赤膊，泥墩一样壮实，阔大的脚板打在地上，有噗哒噗哒的声音，大腿上的肌肉一坨一坨地晃动，很有节奏。他扛着浮木，挺直的腰板就是我记忆中的墙。根根浮木都可以做房梁，一个雨季，我家的后院堆满了木头。

坐在埠头的石礅上，祖父像一团晒干的麻子粿。他胸脯和腹部上原有的硕大肌腱像水渗进沙子一样消失得无影无踪，黝黑的一层皮耷拉下来。他背上酒疹留下的白色斑点，呈卤花的形状，一小朵一小朵，缀连着。祖父说，老四（我三哥），你明天早上叫难民来，给我剃一个头。难民是个剃头师傅，每月的十五那天，他都要给我祖父剃头，这个习惯保持了二十多年。其实，我祖父在七十来岁的时候，头发已经全掉光了。剃头的时候，难民扎起马步，脖子上搭一条破布一样的蓝色毛巾，流着稀稀的鼻涕，用剃刀细心地刮祖父头上稀疏的绒毛。我三哥说，我明天会准备两个好菜，拎到夏家墓的。我们把祖母一个人扔在夏家墓的荒冈上。

看上去祖父像一只抽空的气球，干瘪，皱皱地扁着。他的阳具紧缩在胯裆里，看起来和一只田螺没有区别。我给他穿衣服的时候，他还略有羞涩。他说，我给你穿衣服的时候，你还是个小孩，一晃眼二十多年过去了，怎么就像昨天一样。他又说，你该结婚了，我想看看你小孩是不是和你一样站在灶台上往锅里撒尿。我说，会的，有适合的就结婚。他笑了起来，露出空空的牙床。他说，结婚就是搭伙烧饭，不要彼此计较。有一天，我祖父对我说，你把酒缸搬到你父亲房间去吧。我说，这个酒缸在你身边有五十多年了，还是放在你这儿吧。祖父说，酒一点味儿都没有，倒像一把刀子，割人。我把手按在祖父的上腹部，说，你可能胃受寒了。他戒酒没几天，整个人完全失去了知觉。他躺在床上，瘪着嘴巴，眼睛蒙上一层灰白色的翳，额头冰凉。我们叫他，他喉结蠕动，好像他的声音从千里之外赶来，汇聚在喉管里，彼此扭结，形成洪流，却冲不出那道闸门。他厚重的眼睑包裹着一个旷阔邈远的星空，星光细雨般洒落。他反反复复地梦见瓦蓝深邃的星空，梦见自己变得越来越轻，一缕光一般，与整个苍穹融为一体。

夏家墓矮小的荒冈，是我记忆的源头。那是我庞大家族最高的山峰。山冈上有常年绿油油的山茶树，荒草遍野，苦竹和芭茅被风吹动的时候，有呜呜呜的声响。我有多年没去那儿了，仿佛它与我的生活无关。我的父亲今年七十三岁了，戴着一副假牙，头上稀疏的毛发沦为配角，即使他一个人吃饭也把持着上座，一餐半碗烧酒，吃很咸很辣的菜。很小的时候，我畏惧的一件事情，是祖父离我们而去。一家十三口的吃喝，都是祖父一人操持，开荒种地，我们怎么吃也吃不完。父亲则是一介书生，除了会写毛笔字，造造账册，什么事情也不会做。但是衰老犹如黄昏，在日落时分准时降临。

时间是一种腐蚀剂，没有什么东西可以逃脱它的侵蚀。从人出生开始，它就潜伏下来，像个伺机而动的特务，随时准备摧毁一切。我们强大的时候，鄙视它，觉得它是条蛔虫而已，吃一把韭菜就可以把它排出体外。事实上，我们错了，时间是液态的，分布在我们的毛细血管里，它每天排出我们无法察觉的腐蚀液，侵袭我们。毋庸置疑，我们都是时间的标本。能够衰老的人是有福的。

渊　　薮

我们一起去认识一种叫水稻的植物。迎着春风的小丫头，她就是水稻，穿着绿衣裳，头发上扎一绺绿绸带，在田埂上唱歌。大地上奔跑的姑娘，她就是水稻，身子丰硕，匀称饱满，笑起来，喷出快乐的河水，嘴角扬起白碎碎的穗花。消失在田畈的妇人，她就是水稻，挎一个圆篮，戴一顶圆扁草帽，挺着滚圆的孕肚，沿溪边缓步在金黄的色彩之中。水稻是未来的母亲，也是现在的母亲，还是过去的母亲。在碗里，水稻是大地的代名词；在水井里，水稻是即将升上屋顶的白月亮，照见家乡，也照见异乡，那么地老天荒。

在烂泥塘掏泥鳅的少年，他就是水稻。吹着口哨的麦色脸庞男人，他就是水稻，卷起裤脚挽起衣袖，往田里抛撒鸡粪鸭粪。躺在平头床上，喃喃地喊“酒，酒，酒”的斑秃老头，他就是水稻。水稻是我们永远不会死去的父亲，是埋在土里的骸骨，是五月的暴雨和八月的烈日。

一条田埂路像一根牛绳，牵着我们走向田畈中央。这是一条埋在泥浆里的路，盖着漫长的白天，也盖着厚重的黑夜；也是一条迎着雨水生长的路，经受着南风，也经受着北风。我们穿着蓝衫，戴一顶尖帽斗笠，赤着一双脚，峭壁一样的脸浸透了盐渍，走在七弯八拐的田埂上，而后散落在各块稻田里。我们从清晨出去，在晚边回来。狭窄的路上，我们拥挤着，脚印叠着脚印，影子重着影子，呼吸交织着呼吸，脸磨着脸。我公（方言，公即爷爷）从这里走过，我爸从这里走过，我也从这里走过。我们还以为这是一条很短的路，从家门口到田里，走半个小时就够了。 挑一担粪箕，晃着晃着，烟没吸两支，听见自己田里的稻子在饱满地灌浆，咕噜咕噜，嫩穗胀了起来，胀得那么兴奋，催着阳光快快升起来，催着阵雨从山边飘来。殊不知，这是一条没有尽头的路，在田畈里绕来绕去，像线圈一样，一圈一圈绕，从我们的脚板开始往上绕，绕上脚踝，绕上腰身，绕上胸膛，绕上颈脖子，绕上我们一直低着看路的头，从春绕到冬，我们抬起头，发现白雪皑皑，堆满了我们的头—— 一个白发苍苍的老人，回忆起自己的少年时代，仿佛就在昨天，才发现，田埂路的长度就是自己一生的长度，说它短就很短，短如双脚，说它长就很长，长如河流。

在田埂路穿过的地方，我们随稻子一起生长。时间分乘二十四辆马车，从灵山之巅一路逶迤而下，来到田畈，一匹追赶着一匹：立春、雨水、惊蛰、春分……蓝翡翠在山涧边的木荷树上，亮开了嗓子，叫得多么欢快：嘎啧嘎哱，嘁嘁啦嘁；哩哩啦哩，嘁嘁啦嘁。叫声清脆欲滴，圆润柔滑。蓝翡翠斑斓的羽衣，随着树枝的晃动而摆动。它在求偶。四月，鸟鱼孵卵，田野已翻耕，水汪汪一片。以枫林方言，把蓝翡翠的叫声音译过来就是：家公家婆，亲亲睦亲；清明来了，赶快下种。

蓝翡翠和布谷鸟一样，都是催耕催种的鸟。清明过个三天，各家各户便忙着育稻种。我父亲从谷仓畚出上年留好的谷种，放在晒谷场晒三天，再用石灰水泡一个时辰，倒入清水淘洗干净，然后倒进箩筐，浇透温水，用塑料皮把箩筐口封起来。每天早中晚各浇一次温水。大木勺从木桶里舀上温水，匀速冲泻在箩筐里，水一层层塌陷下去，往四处漫散，谷子滋滋滋地吸着水，篾丝缝汪出清亮浅白的水线，慢慢往下移，直至箩筐底积了一圈水。谷种在发热，热度催着谷种，水汽在塑料皮上蒙出一层细小的水珠，如鱼肚白的天空爆出的繁星。谷种泡了七日，谷尖睹嘴（上饶北部方言，睹嘴即破壳）了，细须般的芽坯冒了出来，银白。我爸用手抄进温热的谷子里，抓一把上来，抖一抖，顺手泻下去，留一个，含在嘴巴里，牙齿慢慢咬下去，咯噔一下，谷子断裂。他摸摸嘴巴，说发了芽的谷子有些甜。他将谷种挑到秧田，抱着畚斗，沿着秧田垄，匀细抛撒。秧田在育种前，耕一道，耖一道，水汪汪的。育种那天，耖好的田，用木楼梯盖

（郑家坊一带方言，把不匀称的东西整理得平坦或把东西匀称工整地分割，称为盖）一次，用绳子来回反复拉平倒在泥面的木楼梯，田泥碎成了泥浆，水漾出来镜子一样的秧田。盖了的田，灌满水，晾三五日，泥浆如胶，这叫晾田。谷种抛在晾了的田里，第三日便扎下了根须。

这十几天，隔三岔五，有雨来。雨在白天来，细细软软的雨丝顺风飘，从山垄往田畈围过来。乌云是没有的，积雨云薄薄的，像一层叠一层的鱼鳞片。天并不阴沉，但有轻轻的闷雷，咕隆隆，没有了惯常的冗长尾音。豌豆的蔓丝绕上了旁边插的竹梢，一朵朵白色或淡紫色的花坠下来。雨下不了半个时辰，太阳爆出光，撕开游动的云团，投射到娇绿的原野上。在郑坊盆地，四季之中，只有在清明至谷雨之间，才有这种顺风雨。它不叫阵雨，叫催雨。雨催促万物快快发芽，催促阳光一日比一日暖和，催促鸟筑巢孵卵。雨下了第一场，第二天清晨，桂竹下，麻褐色笋衣裹着笋尖的两片幼叶，从松软的土里耸了出来，像童话里的一座宝塔。秧田里的谷子有了肉眼看不清的嫩叶，针一样细，牙签头一样短。田垄里插了三五个稻草人，穿着破布一样的烂衣服，花花绿绿，“手”上插一根长竹枝，“驱赶”来啄食谷种的鸟。山麻雀、白鹡鸰、褐头鸦成群结队，从尚未收割的油菜地里飞过来，耐着性子吃谷种。谷种是年收之种，颗粒也不可损失，便在秧田上遮一张薄膜，用半弧形的竹篾固定起一个拱形篷。

燕子和白鹭，如期而至。秧苗茵茵。

秧苗长了一指长，可以分株栽秧了。拔秧得早起，趁露水湿润，栽下去的苗易长。第一天拔秧，称开秧门。我母亲头天便准备了酒、肉、鱼，在开秧门的中午，得喜庆一下。土地庙里的油灯莹莹地亮一天。开秧门是惊天动地的大事，有老人端一个大猪头，摆上三杯酒，焚香烧纸，祭祀土地神。秧下了田，三日扶了苗头，便一日一个样地长。盆地绿油油，白鹭翩翩，来到田里吃蜗牛，吃泥鳅黄鳝，吃鳑鲏。白鹭是诸野之神，全身堆着不会融化的雪，不时引颈高歌。天地更敞亮了。水正好淹到秧苗的腰部，秧头露出。秧绿簇拥，白鹭显得特别高雅闲逸。白天灌水，晚上排水。在早晨和傍晚，田头站着一个个荷锄的人，看守着田水。

长禾苗了，翠柳大姑每天去摘菜时，站在自己的田边，看着翠绿的禾苗。“翠柳，你看什么呀，天天看，你多看一眼，禾苗又不会长得更快。”有人问她。

“盼孩子长大一样，盼禾苗长得快一些，等不及了，等着出粮呢。你不知道，等粮比等儿媳妇上门还让人急。等得越慌，饿得越慌。”翠柳大姑说。翠柳大姑是外嫁到高山小村上田山的枫林人。上田山出木料，出香菇。枫林人砍木柴，拉一辆平板车，走三十里的砂石路，背一个蒲草袋，天蒙蒙亮出发，去上田山砍灌木。砍柴的人把蒲草袋里的米交给翠柳大姑，由她代为焖饭。翠柳大姑是个好客的人，天天家里都有砍柴客，搭膳费一分钱也不收，还管菜吃。我们管她老公叫搭膳姑丈。搭膳姑丈是个埋头干活、低头烧锅的人。一九八一年，翠柳大姑五十多岁了，和搭膳姑丈从上田山搬到了枫林。上田山没田，又封禁了山林，翠柳大姑没有了粮食的来路，她一家老小便借住在枫林电影院。

电影院在村头，只有四堵墙和一个小舞台，空落落的。电影院原是个大礼堂，建于二十世纪六十年代，有两个高窗，一扇笨重的大木门。翠柳大姑把电影院用木板隔了五个房间，把戏台改成厨房。山里赚钱难，是一回事。山里青年娶不上媳妇，也是一回事。翠柳大姑有一个儿子两个女儿，儿子春旺都过了三十岁，还没结婚。春旺是敦厚人，可没姑娘看得上。 翠柳大姑家里没有粮，留不住人。

有一段时间，翠柳大姑来我家，一天两次，有时一天三次。 她跟我妈说，有合适的东家，春旺可以招亲，这个社会，招亲也不是不可以，枫林不就有好几个招亲嘛。我妈张罗了好几个人，把村里需招上门女婿的人，掰着手指数了几遍，也没数出哪家合适。男方年龄偏大，确实难物色。我妈逢外村人来便打听：你村里有需要招亲的东家吗？女方二十八以上，最合适。她还捎话给我生活在童山的舅舅，说，德富啊，翠柳有儿子，可上门招亲，你问问，有没有合适的东家，条件是家里要有田。

有粮就有媳妇。村里有一个开机米厂的人，叫三水。机米厂在巷子口，有一栋水泥砖砌的简易瓦屋，作机米房。三水的爸爸在一九七九年死于车祸，当时三水才十六岁。村里照顾他，把他安排在机米厂机米。三水个子矮，走路像筛米一样，二十二岁时，娶了一个五羊山的姑娘。姑娘叫二珍，是个芝麻（麻雀斑）脸，肥墩，脾气暴躁。三水性怯，家里家外听二珍的。三水也不太和人来往。一次，割了秋稻，不知道三水家里发生了什么事，芝麻脸骂三水骂了一个下午，骂得嘴唇瑟瑟抖，唇色发白发黑。她骂三水是正常的事，骂得歇不了嘴。她自三年前得了缺钾症，走到哪儿，都提一个水壶，走不了几步就喝一口水。她时时感到口渴、疲乏、眼花、焦虑，只有骂人，才能缓解精神紧张。这天，三水去机米了，她骂他，他也听不到。晚上八点多，三水下班。他回家也不见芝麻脸，揭锅盖找饭吃，锅里是半锅冷水。他问瘫在床上的娘，娘也不知道。在屋后柴房，三水看见芝麻脸倒在地上，嘴里流溢出来的白沫阴干在嘴边，脸淤黑肿胀，眼白暴出了眼球。

柴房的白炽灯，被风吹得摇来晃去。第二天上午，邻居在柴房找到了三水。三水抱着女人，靠在木柴垛上，脸发青。 他把女人没喝完的剩余农药，喝干了。三水是救活了，可留下了歪头和撇脚的毛病。就这样一个人，村里倒有几个姑娘想嫁给他，说机米的人家有粮食吃，有粮吃，还管他什么人呢。

缺粮的，可不止翠柳大姑一家。吃饱，是每一户人家最大的事。我有一个姨婆，是我奶奶的堂姐，住在另一条巷子里。 有一次，我妈对我说，姨婆这几天病得厉害，我带你一起去探望一下。我推开姨婆的房门，看见一个只有头发没有脸的人，我吓得哆嗦，拽着我妈的衣角，缩在身后。“姨妈，听说你病了，我带孩子来看看你老人家。”我妈说。

“兰花啊。我没病，是饿得站不起来。”姨婆撑着床架，想下床。她说话声音很轻，像从地窖里发出来一样，阴森而寒冷。内屋窗户半掩着，光线很暗。

“我把你头发梳梳，脸都看不见了。”我妈从木桌抽屉里找出一把木梳子，给她梳头。

“我又不见人，梳不梳都一个样子。”姨婆说。姨婆生了三个儿子，都成家了，各自过各自的生活。姨丈公早逝，她一个人拉扯着孩子长大。三个儿子，轮饭给她吃，一个人轮一个月。轮饭的儿子，派一个孩子，端一碗饭送给她吃。端饭的孩子在门外，等她把饭吃干净了，换一碗菜汤进去。说是一碗饭，其实只有半碗，还掺杂了一半的红薯渣。

“粮食是紧张，但天天这样饿，也不是一个事。”我妈说。

“我做不了事，吃多了，也是浪费粮食。”

我妈给她两块钱，让她买东西吃。姨婆怎么也不收，说，这么多钱，担受不起，不如给我带一碗饭来吃吧。我妈听了，泪水扑簌簌直下。我妈念这个表姨的好。一九五五年，我公建房子，过年的米都没一粒，姨婆挑来半担谷接济。我妈一边梳头一边对表姨说，我每天下午用围裙包一碗饭来，你不要说出去。

其实，我家年收并不好，即使年收再好，也不够一家人吃。我妈生养了九个孩子，粮食的用度太大了。我的童年乃至少年的记忆，大多与食物联系在一起——和一帮玩伴，四处找吃食。挖红薯吃山楂，捡苦槠子掰野栗子，下河摸鱼烤野食。九月，田埂豆熟了，我们放了学，坐在田埂上剥豆子吃。生豆子吃了易腹泻，到了半夜忙不迭去厕所。我们不敢烤豆子，田野生烟，很快就会被人发现，然后抓起来暴打一顿，还会交给父母发落。收豆了，地里满是烂豆壳，被田鼠啃了一样。豆饱满的时候，正值二季稻青黄，谷穗沉沉，稻叶半黄半青，一垄垄的稻浪起起伏伏。我们被晚风轻轻吹着，稻香扑鼻，最后一批白鹭即将南迁，在塘边，嘎嘎嘎，似乎有着无比的眷恋。我们在机耕道上飞快地奔跑，追逐着落日。落日火一样烧起来，像个圆形的大铁炉。天际线越来越低，越来越暗，归巢的灰卷尾在山边叫得透亮、悠扬。我们最热衷于捕田鼠，用一个铁丝笼，挂一粒花生，放在田头的草丛里，割一把草，盖在笼子上面，第二天中午去收。田鼠肥硕，吱吱吱叫。

禾苗分蘖，田畈散落着耘田的人。耘田选在阴天，撒化肥撒猪粪牛粪。猪粪牛粪早些日子已晒干，发酵得蓬松，散发出温热的动物肉体的气息。耘田的人撑一根棍子，戴一顶凉帽，用脚掀开每一株稻禾的根部，又用泥浆盖上。我则背一个竹篓，去捡拾田螺，顺手把稗连根拔出来，踩入深泥，任其腐烂。或者把稗抛在路边，由太阳晒死。稗，我们称作假稻，根系粗壮发达，比禾苗长得更快更高更粗，叶子肥绿。 其实，抛在路上的稗，晒不死。路过的牛看见稗，伸出长长的舌头，把稗叶撩入口，磨动牙床，嚼得有滋有味。牛太喜欢吃它了。过个三五天，稗冒出幼芽，又被牛吃了。稗根裹着的泥团，被牛踩扁，稗须被踩烂，泥团干裂，稗彻底死去。

捡一天田螺，有十几斤，放在大脚盆里养。从溪边接一根毛竹过来，把活水引入脚盆，田螺慢慢滚着身子，吸附在木盆板上，露出黄白的肉胎，细密的吸须在水里漂浮。要烧田螺吃了，用漏勺舀一勺上来，搓洗一下水沙，把钵放在火炉上焖出又辣又鲜的田螺，真是百吃不厌。田里偶尔还能捡到巴掌大的河蚌。如果遇上董鸡，那么田畈里一下子就热闹了，大家叫起来："董鸡，董鸡，抓董鸡啊。"董鸡啪啪啪跑得快，滚球一样逃跑。耘田的人围着董鸡追，眼看就要追上了，呼噜噜，它飞走了，飞得低低的，惊叫着，咯咯咯，不一会儿躲入了山冈的茅草里。抓董鸡的人，不免惋惜：迟不飞，晚不飞，我扑过去了，它再飞，它逗我们乐呢。也有该死的董鸡，逃跑的时候，翅膀把泥浆拍了上来，裹了羽毛，飞不了。我们脱下衣服，蒙住它。

稻子抽穗扬花了，水田阴湿，虫蛾特别多，稻衣挂满蛛网。在靠近山边的田里，间歇性地发出咯咯咯的鸣叫声，短促低沉。这是竹鸡在叫。竹鸡带着一窝羽毛刚刚丰满的小鸡，在田里觅食。稻花浮荡，知了在吱呀吱呀叫，叫得张扬而沉闷，显得天气格外炎热。用两根筷子长的竹签插在田头，围成一个桶状，开一扇闸门，在竹签围成的圈里，撒一把谷子，竹鸡边吃边欢叫。待它吃饱了，再也出不来。竹鸡趴着睡，被一双手抱走。诱食成了它死亡的陷阱。

大人也在找食物。他们三五成群，去十里外的高山找野山羊。高山叫骆驼岭，四处悬崖峭壁，森林茂密，百年老枫树参天耸立，霜降之后，满山红叶飘飞。野山羊生活在山顶，在峭壁之间自由行动。羊是温顺的动物，咩咩咩，叫得人心痒痒。但在生命受到威胁时，尤其是在羊羔受到威胁时，头羊或母羊会愤怒，疯狂如野牛，对着人直冲，用羊角抵着人，把人抵下山崖。村里常有人在骆驼岭摔死，落下山崖，脑浆迸裂，四肢俱断，内脏震得大面积出血。死亡的威胁逼近他们，但他们仅仅把死亡当作一场意外。他们太需要肥美的山羊肉，以犒劳自己繁重的劳作。

打下野山羊，猎人分了肉，把羊骨和羊头用大锅煮芋头吃。一个芋头切四块，填满了大锅。炆骨头刚开始，我们便站在锅边，给烧锅的人递柴火。这个时候，爸妈说任何的话，我们都很认真地听，答应得很爽快，还点着头，显得无比诚恳。 骨头汤熬好了，我们舀一碗上来喝，三五个孩子喝一大碗。 大碗在小手之间递来递去。锅里的汤浅下去，加水，加盐，加辣椒，把一大箩箕芋头倒进锅里，慢慢煮。妈妈拿起筷子，戳一块芋头，尝尝咸淡。孩子们看着妈妈张开的嘴巴，喉部蠕动了一下，说，妈妈，给我，我也要尝尝。芋头炆烂了，我们各自端一个大碗，盛半碗饭，浇上骨头芋头汤，坐在门槛上，吃得满头大汗。那是最好吃的汤泡饭了，滑溜溜，一会儿吃光了一碗。可惜的是，一年难得吃上一餐。

饥饿感追随着我们，像一根鞭子，抽在我们的双腿上，我们在田畈（像是另一种荒原）四处寻找，寻找泥鳅，寻找兔子，寻找别人漏摘的黄瓜。像一头从山顶上跑下来的白眉豺，龇着尖利雪白的牙齿，冒着被木棍驱打的危险，捕食家禽。它一溜烟地跑下来，叼着家禽就跑，凶恶的眼神暂时收敛在无精打采的饥饿里。那就是我们的少年时代。

我们最怕倒春寒，天冷，谷仓里的存粮又不多，漫长的菜荒才刚刚开始。一家人，不分男女老幼，一人抱一个火熜，窝在厅堂里烘火。有的人家，过完元宵便没米了，妇人穿上棉袄，背一个黄布米袋，去三十里外的临湖或百里外的德兴讨米。

收割稻子了，每一个人都欢欣鼓舞。每一个收割的日子，仿佛是一个节日。整个田畈是金黄色的，阳光凝结的浓墨色彩再一次得到了近似夸张的彰显。收割是非常累的体力活。大人打谷子，孩子割稻子。吃饱了干重活，是必须的。每天早上，天还没亮，我妈已把粥熬好了。那几天，我起得特别早。我第一个摸出大碗，用勺子把粥里的面疙瘩捞上来吃。一年之中，只有这个时候，才吃得上面疙瘩。我妈会买一袋面粉，每顿早餐调一大碗面疙瘩入热粥。我妈站在灶台边，看着我捞吃，说，少捞一点啊，给大人多吃一点，他们要挑谷子回家的。

在十三岁，我便会蹬打谷机打稻子，既快，脱粒又脱得干净。我个子偏矮，站在打谷机上，还没机子高。我左脚踮起，右脚飞快地踩（拉动轴轮）踏板，双手紧握着稻子，在脱粒机上左右转动。挑谷子是大人的事。谷子堆满了箩筐，一根竹扁担套在箩筐绳的结口上，挑担人立一个马步，哈，叫一声，直起身子，肩膀抖两下，移开步子，挑上路。路上，有熟人问：估算一下，这担谷子有一百八十斤吧。挑担人把扁担移换一个肩，顿一下脚，说：足足有一百八十斤，起身的时候，腰都难直起来呢。

两只箩筐在扁担的两头，沉沉的。扁担如一座桥，架在肩膀上。扁担在肩膀上颤动，发出"飒，飒，飒"的颤音，让人感觉到既劳累又愉悦。我喜欢听那种声音，它让我激动，让我向往——长大了，我也要挑一百八十斤的稻谷。

夏季双抢时节，令我胆战心惊。我还是个少年，却连续割过二十二天稻子。抢收抢种，时间贵如金。每天割完稻子，脸上、手上的皮肤发烫（被稻叶和谷芒扎出红斑）。十五岁以前，我患有一种非常奇怪的过敏症——露水过敏症。我膝盖以下的部位，碰上了晨露，打湿了皮肤，就会长出湿疹。湿疹奇痒，手抓一下，起泡，溃烂。晚上，把苦草、三白草、美人蕉叶泡在热水里，搓脚，搓到皮肤红了，便不痒了。人疲乏，却不想早早入睡，靠在昏黄的白炽灯下，看《钢铁是怎样炼成的》。当我读到保尔·柯察金与冬妮娅靠在冬日湖边公园的长椅子上话别，有着说不出的惆怅。惆怅，不是因为恋人告别，而是我读到湖边公园美如画廊——我从来没有见过公园是什么样子的。我公没见过，我妈没见过，我也没见过——我产生了遐想，黎明期盼朝阳的那种遐想。

最累最急的活，是抢翻耕。村里不足二十头耕牛，田有八百余亩。耕田的人，排出耕期。排不上耕期的，或出不起每亩二十元耕田费的人家，便自己挖田。一亩田，三个劳力，没有两天是挖不完的。挖田的人，早上吃三大碗油炒饭。饭要硬，耐饿。从凌晨开始挖，到了日上三竿，再吃一碗荷包蛋煮面条。挖田的人，一天吃五餐。劳力不够，女人一起挖，孩子一起挖。挖不了一刻钟，全身湿透，水泡了一样，脸憋出太阳斑，麻麻点点，红紫色。官葬山自然村有一个叫山蚂蚁的人，四十来岁，背略驼，走路赶风。他生养了四个女儿，有三亩来田。女儿割稻子，他挖田。他早上挖，晚上还挖。他老婆在前面提马灯，他在后面挖。第十三天，他挖了一个时辰，觉得心口有些疼。他挨着田边的乌桕树坐下，身体靠着粗壮的树干，锄头靠在胸前，坐着坐着，睡着了。他老婆来给他送面条，喊他，他也不应。她过去推他，他倒在地上，手里还抱着锄头，身子都硬了。

牛比人累，要拉犁拉耖。我哥是个耕耖手，田耕得深耖得细，请他耕田的人多。他腰上扎一条白手巾，提一个大茶壶，在田畈耕一天，中午也不回来。妹妹负责送饭给他吃。他吃饭，牛吃米糠和青草。牛吃饱了，在水里打个滚，裹泥浆。他坐在田埂上眯一下眼花（郑家坊方言，眯眼花即中午打瞌睡）。他才二十来岁，体力好。他在湖塘坑耕田，耕了一半的田，赶着牛回家了。我爸问他怎么不耕完了回来，离太阳下山还有两个小时呢。哥用手抹眼睛，抹了又抹，眼红红的，一句话也不说。我妈问他，发生什么事了。他说，牛耕了半块田，拉不动了，用竹梢抽，牛也不迈腿，抽了几鞭子，牛跪在田里，流着泪水，眼珠不转地望着他，望了好长时间。二哥说，家里买一辆耕田机吧，牛不是在耕田，而是在遭罪，每一块翻耕的田，都是牛劳改的地方。“田就是牛受难的地方，可牛的命，就是耕田。不耕田的牛，是菜牛，挨剁骨刀剁。田少耕几亩吧，早上耕，晚边耕，有太阳晒不耕。买耕田机要两千来块钱，想抢这么多钱，也找不到地方。”我爸说。

牛累死在田里，是常发生的事。牛趴在泥里，再也起不来，四肢软塌下去，头慢慢晃着，眼圈叮满了牛虻和苍蝇，脊背两侧的肌肉松陷，露出嶙峋的骨头架。它的鼻孔潽出长气，拖着白色浑浊的液体，眼角淌下黄色的脓液，耳朵勉强扇动着。它潽出来的气越来越短，越来越微弱，最终白液也没了。它慢慢闭上了眼睛。耕田人往它身上泼凉水，用泥浆抹身子。牛的尾巴再也不甩了，他瘫坐在田里，撕心裂肺地叫：“牛啊，我的牛啊，怎么死得这样安安静静呢？”他哭得伤心。 牛死了，比他死了家中老人更让他痛苦。牛死了，一家人的收入没了着落。他的田，得自己挖了。他的帮手，毫无预料地失去了。

稻子边收边晒。晒谷场在门前，用大四边形的竹篾垫晒。我妈负责晒谷。她隔一个时辰用谷耙耙一下谷子，翻晒一下。谷子在暴晒下散发出溽热的香气，扑鼻而来。金黄的色泽，是对大地最壮丽的展示。谷晒熟的第一担，挑去机米。 我妈说，早谷熬粥，糯糯的，又稠又香，有太阳的味道，特别补身子。

谷子全部晒好了，二季稻也栽完了。我爸把平板车拖出来，装满稻谷，拉到郑坊粮站，上交公粮。一辆平板车，装两担稻谷，他拉不动，得有一个人推车。推车的人，通常是我。我打赤脚，打赤膊，戴一顶凉帽，肩上搭一条毛巾，一手推车栏一手推栏板，埋着头在后面推。枫林到粮站，有四公里的砂石公路。灼热的沙砾烫着脚板，有火烤的痛感。脸上的汗，滴在沙尘里，缩卷成一个泡状的粉尘珠球。我爸也埋着头拉，粗重的呼吸声均匀有力。他的藏青色衬衫在出村的路口已完全湿透了，白白的盐渍析出来，像一张世界地图，也像一张生命地图。

路上，都是拉公粮的人，平板车一辆接一辆。到了粮站，我爸给我一毛钱，去买一碗清汤（郑家坊方言，清汤即馄饨）吃。清汤店在小学门口，等清汤的人坐在屋檐下。锅里冒着蒸汽，清汤如盛开的栀子花，在沸水里翻滚。我端着清汤，看着自己脚上的水泡（被沙砾灼伤），双眼一热，把汤水全喝干。汤好喝，滚热，浮着油花和葱花，几粒榨菜很入味，几丝海藻很鲜，咸淡合口。

一亩田，一年上交六百八十斤公粮和余粮。交完公粮，家中剩下的稻谷已不多。一九八四年，我公决意要修一个谷仓。我公说，粮虽然不多，但谷仓要大，总有一天，大谷仓里要堆满谷子，没有谷子，堆豆子也是一样的。做谷仓的木板，我公早早去黄土岭拉来了。他把木头泡在水里，泡了整个春天，再搁上石墙，暴晒。木是水桶粗的杉木，晒出白白黄黄的油脂。油脂从树缝里流出来，慢慢凝结，成了桃胶一样的透明黄色。树脂软成一团，像琥珀。

选谷仓的房间，让我爸伤透了脑筋。睡的房间都不够，哪还腾得出地方建谷仓呢？我爸说，谷仓放在木楼上吧，干燥，没有老鼠，别人还不知道我们有大谷仓呢。我公嘿嘿笑起来，说，谷子挑上楼累，挑下来累，你有没有这么好的腿脚。我爸咬咬牙，把我的睡房拆除了弄堂（房间与房间之间的过道）墙，把半个房间和半截弄堂建了谷仓。谷仓可以储藏四十担谷子。没有这么多谷子储藏，空出一大半，我公便把酒坛存进去。我公说，我的父辈就想建个大谷仓，现在有了谷仓，背脊都挺直了很多。

为了把谷仓堆满谷子，我公便去开荒，在山腰上种大片大片的黄豆。他把黄豆卖出去，买稻谷回来。买回来的稻谷，他挑一担去吊酒（郑家坊方言，吊酒即酿酒）老八那里，吊满缸的谷烧。“一分酒，一分力。没有酒，做不了事。”我公说。一个家里还有比谷仓更好的东西吗？没有。这是做谷仓的木匠师傅说的。

无论是早稻，还是晚稻，新出的稻米，我都十分喜爱吃。筲箕畚半斗米，在清水里漾，一手托着筲箕底，一手拉着筲箕角，漾着漾着，米灰漾了出来，白白的，在清水里氤氲开。鳑鲏围了过来，翕着扁嘴，吞米灰吃。淘洗了的米，在盆里浸半个小时，变得圆润白胖，如刚出生的蚕蛹。米吸透了水，白得透明。水在锅里翻滚咆哮，白水泡对大地发出了热切的呼应。米倾入锅里，架三块干裂的木柴在灶膛里，烧得啪啪响。米七分熟后，捞上来盛在筲箕里，慢慢晾干变硬。锅里的剩米继续煮，米汤变稠变糊，锅边的米汤烫干，成了笛膜一样的汤膜。撕一块下来，含在嘴巴里，糖一样化得无影无踪。

筲箕里的饭胚，中午用饭甑蒸。饭胚紧紧抱在一起，仿佛它们在前世已相熟，曾是一个屋檐下的亲人。如今，它们

再也不想分开。它们在烈火中相逢。它们紧挨着耳语，说着对彼此的思念和各自的际遇。它们说起了蛙声和雷声，说起了麻雀和虫瘟，说起了炙烤的太阳和肥软的泥土。它们把一生要说的话，在一个饭甑里就说完了。它们慢慢松开，蒸汽让它们脱胎换骨，它们在沐浴中涅槃再生，如珍珠一般洁白。我们打开饭甑，饭香随着蒸汽扑鼻而来。饭，出现在我们碗里。站在饭甑前，我每每无由地激动，像一个雪夜归人突然站在家门前。屋里熟睡的双亲安然，油亮的灯光轻轻摇曳，火炉上还温着半壶水酒。

我爱吃饭，低着头，吃得很认真。一次，我爸问我，什么东西最养人？我毫不迟疑地说，米饭。他又问我，什么东西最伤人？我看着他，嘴巴里鼓着饭。我爸说，最养人的东西，也最伤人。我爸伸出了手掌，给我看。那是一只皲裂的手掌，如干旱的田。“手掌就是一片田的脸，你看清楚了吧！”我爸说。

从一粒谷子，到一碗米饭，我不知这中间的路程有多远。田埂路就那么一截，我们四季都在走。暴雨中走，烈日中走。挑担走，荷锄走，空手走。我们蹒跚。我们踯躅。每次走，那么兴高采烈，那么无可奈何。我们跋山涉水，冒着严寒酷暑，风雨兼程。我们携带着空空的胃，来到了人世，日日填满胃的也只有米饭了。在秋分那天，我们会深切感受到，人对谷的膜拜。这天是饶北河一带庆丰收的节日，在田畈，乡人抬着稻草扎的谷神，沿着田埂走，敲锣打鼓。我们穿着红红绿绿的衣裳，墨水画眉毛，红笔水涂唇。谷神扎得高高大大，穿着大红的衣服，戴着四角帽，高鼻隆起。我们抬着憨笑的谷神，欢呼着。

一九八六年夏季，我考上师范学校，我爸卖了两平板车谷子，卖了五十五块钱。我缴学杂费需三十三块，他给我四十五块。他的手出了很多汗，把钞票捏得湿湿的。我爸给我四十块，停了一会儿，又抽了一张五元钞给我，说，留十块钱给你妈，你妈好几年没做一身衣服了。他的声音很低。我接过钞票，看了看他，又把钱全部塞还给他，说，等开学再说吧。入学通知书是乡干部正洪叔送来的。正洪叔爱喝酒，和我爸说了很多话。第二天凌晨，我跟邻居去分水岭砍木柴。木柴晒两天，卖给邻村的瓦窑场。我砍一天木柴，可以卖一块三毛五。开学的头一天，我卖柴一共卖了十七块五。

大概在一九九六年，村里大部分农田已经无人耕种了。村前的水田被占用，建了房子。村里的劳力，都去了浙江、广东，做手艺、收破烂、拉货，极少的人进了工厂。我爸是个老派的人，他不舍得田地荒废。他说，种一亩田，雇人翻耕栽种收割，亏一百二十块，但作为一个种田人，不能以亏盈来衡量种谷，谷子首先是粮食，其次才是商品。

二〇〇六年，老屋拆除，建了新房。我公建的大谷仓，拆了一大货车的木板。我爸真是心疼。他提一个圆篮，拎了酒菜，去给他爸上坟。他告慰他爸，说，爸啊，自今年一月一号起，国家废止《农业税条例》，大谷仓用不上了，今天拆了。他说得很动容。他又说，我们十五口的大家庭，分了四家，我们不需要屯粮了，没谷仓，我们也有吃不完的粮食，我们不会再忍饥挨饿了，爸放心吧，多多庇佑一家人平安。

我公是个舍不得浪费一粒米的人，桌上落了一粒饭，他也手摸上来吃。他的碗从不留一粒饭。他多次跟我讲，三年困难时期，村里粮食吃光了，野菜都吃光了，幸好家家有不多的自留地，保了人命，不至于饿死人。他说，把谷种在田里，就是把自己的命种在田里，谷子和命是一样金贵的。我也是舍不得浪费饭粒的人。每次我儿子留了饭在碗里没吃，我会说，把饭吃完，别浪费了大米。他不看我，也不作声。我又说，我在你这个年龄，想吃一餐饱饭，有多难。白饭里掺了一半红薯渣，吃得舌苔生疮。我在郑坊中学读书，饿得受不了，叫我爸一个星期给我三毛钱，可以每顿早餐买一个馒头吃。我爸拍拍口袋，一分钱也没有。我儿子可能嫌我烦嫌我唠叨，有时杠我，说，时代不一样了，你那时候是物资匮乏的年代。

儿子杠了我两次，我很认真地把他拉到身边坐下，对他说："儿子，你说得有理，时代是不一样了。但你想过没有，为什么不一样？发生巨变的原因是什么？"儿子看着我，摇摇头。我暂且不告诉他答案。他还在读初中，暂时还不会想这些，让他长大了之后自己思索吧。我说，任何时代，粮食都是最重要的，没有粮食，人会大面积饿死，粮食就是我们的父母，珍惜粮食就是尊重父母。

我儿子还小，还不知道饥荒是什么。他不知道前苏联发生过三次大饥荒，饿死的人数超过千万。他不知道津巴布韦、叙利亚等国家，正发生严重的粮食危机。他不知道朝鲜每次发生大饥荒，饿死数十万甚至百万人。儿子还在温室中生活，他不知道从田里种出一担谷子有多么艰难。

每次回到枫林，我看到山垄里曾经的高产农田，长满了比人还高的芦苇，内心有说不出的痛。那些农田，都是祖辈父辈肩挑背扛改造出来的。更年轻的一代人，正在加速度逃离土地。我认识一个菜农，姓徐，三十多岁，在田畈里流转了一百二十亩田，种有机菜，每天早上四点，开四十二公里车，把菜拉到上饶市蔬菜批发市场。他守了十三年的田。今年，他放弃了，不是因为辛苦，而是他孩子上初中了，在县城读书。他不想把孩子放在乡下读中学，乡下中学的教学质量比不上县城。他被迫放弃种菜，去城里开了家早餐店。

厚土太沉重，他们难以背负，也不会有期望，更不会一生相守。他们或许并不向往外面的世界，但不得不选择外出谋生，并拼尽全力安定下来。无处可走了，他们才会回到出发之地，作最后的安息。郑家坊田畈，五分之二面积种植一季稻，五分之一面积种葡萄，余下五分之二撂荒或种菜。这二十年，我再也没在田畈见过遍地绿苗的暖人景象。传统意义上的农民，一代接一代迅速减少，消失也是未来的一种必然。

但我仍然喜欢在晚边，走田埂路，看水稻轻扬，稻浪层层。生活中所有不愉快的事情，这一刻都会排空。水稻，一年生禾本科稻属草本植物，是一种和我们的肉体粘连的植物。我们的肉身，是水稻的化身。

我爸妈都已八十多岁了，我尽可能多回去陪他们。他们像老去的水稻，在枯败。我爸是心性乐观的人。他每天必看《新闻联播》和《海峡两岸》。有一次，我对我爸说，田畈荒了那么多田，我想包一些田来种。我爸说，你不是种田的人，那个心，省省吧。我说包田种，不一定自己耕田栽秧。我爸说，有那么好种的田啊？不一心一意去干一件事，干不好。他是一个说话很干脆很直白的人。说起种田，他很有兴致。他说，中国人的历史，可以说就是一部粮食史，丰衣足食，也只有这个时代才能彻底实现。一代人有一代人自己要做的事。我这一代，是白手起家，抚养你这一代人长大；你这一代，是建自家房子建自己生活的城市，好好培养孩子；你孩子这一代干什么呢？他们自己会想，但肯定不是回枫林种田。守着一亩三分地的时代，一去不复返了。完全实行机械化操作，一畈田，要不了三十个人，全解决。他当了三十多年的村干部，说话带有别人不可质疑的语气，即使老了，还是这样。

顶粪筐的人

不是我母亲打电话来，我都淡忘了这个人。“绍全，你知道吧，就是那个喝了酒就哭的绍全。”我母亲在电话里说。我说，我知道那个头上顶粪筐的人，有什么事吧。我母亲说，昨天晚上，他的吊虫被人挑断了脚筋。吊虫是绍全的儿子。我很惊讶，他儿子才二十多岁，怎么会这样呢？我母亲说，吊虫和捞梨仔在义乌开赌场，被人砸场子，挑了脚筋。

杨绍全厚嘴唇，笑起来，两张唇往上翻，唇肉厚厚。因此有个绰号叫猪唇。他父亲是小玉山人，入赘到村里。他父亲是个种田的读书人，个高人瘦，有两撇卷起来的胡子，在猪唇十来岁的时候，便早早走了。

“绍全，你生错了地方，不应该生在枫林。”我父亲说。

猪唇常来和我父亲喝高粱酒，一碟花生米、一碟剁椒、一碟卤水猪耳，下一餐酒，有滋有味。喝不了两个回合，杨绍全翻起嘴唇，说："老叔眼力好，你看问题，入木三分。"我父亲善酒，也善言，讲来山起水（方言，指说话讲缘起由来），缘起转合。听的人，不时地点头。不过，我父亲不喝酒，就不怎么说话。绍全喝不了两杯，坐在长条凳上号啕大哭。至于哭什么，我们也听不懂。他拍打自己的大腿，唱嘤嘤唧唧的歌。唱得浑身瘫软了，他趴在八仙桌上，睡得鼾声四起，涎水四溢，满头大汗。

他醒来，我们问他："你唱什么啊，唱起来像个道师。"他惊诧又疑惑，说："我唱歌了吗？我会唱歌？不可能，我只会写诗。"他翻起嘴唇，摸摸自己的宽额头，低低哼起不着调的锣鼓调，出了我家大门。

绍全像他母亲——虾公背，宽额头，粗眉毛，头发多得可以打结，厚唇，厚手掌厚脚板。厚脚板的人，命苦。走路挑担的人，要厚脚板。可杨绍全虾公背，挑不了担，他去学了石匠。我年少时不愿读书，贪玩，我母亲责问我：猪唇是你榜样啊，读了高五，做个石匠还是半把茅柴刀。

他成了村里的笑话。不是他不爱读书，而是他太爱读书了——常打手电躲在被窝里读小说读诗歌，读到天亮，上课又打瞌睡。杨绍全作文写得好。

中学在小巷里。小巷另一头是低矮的民房。黑色的瓦房，像一只只扑下身子孵蛋的麻鸭。饶北河从盆地边的山脚蜿蜒而过。宽阔的河岸清朗无比。岸边的稻田给人温暖。他星期天来我家，在厢房里，直挺挺地站着，把衣领拉直，清清嗓子，手夸张地举过头顶，朗诵北岛的《回答》：

> 卑鄙是卑鄙者的通行证，
> 高尚是高尚者的墓志铭。
> 看吧，在那镀金的天空中，
> 飘满了死者弯曲的倒影。
> ……

朗诵完了，他说："你怎么不鼓掌呢？"我啪啪啪鼓掌。我还是个小学生，听不懂他读什么。他双手一摊，说："这首《回答》会成为千古名诗。"我景仰地看着他，傻子一样。厢房光线暗淡，蒙蒙的光，灰白色，落在他清瘦的脸上。

他有很多抄诗本，厚厚的。用绢蓝色墨水写的字，一粒一粒，生长在白纸上，如稻田里幼青的禾苗。在这些抄录本里，我知道了普希金、叶赛宁、莱蒙托夫、松尾芭蕉、拜伦、莎士比亚、歌德……

有一次，他来到我家里，拿出一张报纸给我父亲看，显得很神秘。我父亲戴一副老花眼镜，对着油灯看，露出了山茶花一样的笑容："在《赣东北报》发文章了，村里还是第一个，乡里也是第一个。"父亲来回看了几遍，又说："写什么呢？又没标点符号，又不连贯，'啊'字太多了，动不动就'啊'。"杨绍全捂住嘴巴的手抽开，拍拍我父亲肩膀，说："叔，这是诗，诗，你知道吗？"

我父亲嘿嘿笑起来，说："诗怎么不知道呢？我 4 岁就会读《望庐山瀑布》了，李白的诗，一读就懂，你的诗，读不懂。"

杨绍全说："这是新诗，叔，是新诗。"

村里凡是初中毕业的人，都看了这张报纸。村委会有这张报纸，好几份呢。村书记把报纸张贴在公告栏，装了玻璃框。杨绍全的母亲全枝金在公告栏下，见了路过的人，说："你看看，我绍全发了诗歌了。"路过的人，有不识字的，他母亲说："我读给你听。"读完了，扶着墙哭："羊头啊，你走得那么早，你快活了，撇下我这孤儿寡母的……"

这年暑假，我无所事事。我即将去县城上学，父母也不叫我砍柴了。我在枣树下读《射雕英雄传》，读《人生》，读《遥远的清平湾》，读《芙蓉镇》。全枝金带着她儿子，到我家里，坐了小半天也不说话。我父亲安慰她："再去补习一年吧，牛头不烂多灶火。"我父亲还以为她是来借学费的。杨绍全低着头，手指不断地抠膝盖上的补丁。全枝金看看我母亲，欲言又止。我母亲说："要读书，也早些定，过两天就开学了。"全枝金拧了儿子的耳朵，说："你自己说。"

"我想去小学做一个代课老师。"杨绍全说得吞吞吐吐。

"这事，我哪能做主呢？村里开会定吧。当了老师，你别谢我。当不了，你也别怨我。我尽力说。"我父亲说。

小学在村后的山坳里，四周没有房子，也不通电，有一栋二层楼房，一栋矮房子。矮房子有一间烧水房，一间值夜房。杨绍全住进了值夜房。有时我家里来了客人，我就去和杨绍全搭铺。他才二十出头，看起来像个三十岁的人，胡子拉碴。他抽烟，烟灰也不弹。烟灰落在衣襟上，落在衣袖上，白白的。他坐在床上，靠着墙，叉开双脚，吸着烟，说："总有一天，我要去找舒婷，找北岛，我要带上我的诗。"我说："找他们干什么呢？"

"找他们干什么？你知道吗？他们是大诗人。请他们看看我的诗。我想知道自己的诗，到底写得怎么样。"他说。他开始朗诵自己的诗，先是坐着，朗诵一会儿，他站起来，在床上走来走去。

当水洼里破碎的夜晚
摇着一片新叶
像摇着自己的孩子睡去
当灯光串起雨滴
缀饰在你的肩头
闪着光，又滚落在地
……

他打一双赤脚，在雨廊里朗诵北岛的《雨夜》。我坐在房间门口，看他双手挥舞。也是雨夜。轻轻的，窸窸窣窣的雨。水光映着他的脸。我平生第一次抽了一支烟。说不清为什么，我就是很想抽烟。我的身体在膨胀发育，油桐籽一样挂在青春的树枝上。这个废弃的房间，是一个神秘的世界。夜鹰犀利地叫，听着骇人。

这一年，冬天的雪特别大。一朵盖一朵，一山盖一山。小学离我家半里路，路上的雪漫上了雨靴。我去搭铺。我喝了些酒，杨绍全给我讲诗，我也不理会，上床就睡着了。睡到半夜，我醒来。雪花从窗户的漏缝里吹进来，落在木桌上。油灯罩在一个白纸筒里。纸透出稀薄的光，淡淡的蔼黄色。吹进来的雪粉碎，发出荧荧的光。我是冻醒的，被子太薄。杨绍全披一件破旧的棉大衣，坐在桌前写东西。他的身子挡住了半个窗户，碎雪落在他头上。我喝了一大杯热水，说：“你写什么呢？明天写不可以吗？”

他也不应我。烟从他额前冒出来。地上都是八分钱一包的“朝花”烟头。我靠在床上，看着窗外飞舞的雪花。我从桌上拿了一本《人民文学》，翻了翻，扔回去，捂着被子，沉沉睡去。没睡一会儿，他用雪抹我脸，说：“写好了，写好了，你读读。”我坐起来，轻声读了起来：

冬　雪

雪是一垄油菜
擦去了冬夜的黑暗
父亲埋在油菜里
我埋在黑暗里
盆地是一个将朽的果盘
埋着河流和信使
……

读完了，我又继续睡。我不懂诗，但这几行诗，像雪花一样堆积在我心里。

第二年暑假，杨绍全去了一趟厦门，待了两天，又回来了。 谁也不知道他去厦门干什么。他背了一卷草席和一个帆布包。帆布包里，有衣物、馒头和自己的诗稿。很多年之后，他和我谈起这趟厦门之行。

这是他第一次离开小镇。他坐了半天的客车，到上饶火车站。火车站到处是煤灰，站前有一伙一伙穿喇叭裤留长头发的青年，这让他害怕。他把积了一年的稿费——三十五块钱——塞进信封，放在鞋垫下面。他第一次坐上了火车，在落日时分，从上饶出发。他一直记得哐当哐当的火车声。车上挤满了人，他把草席铺在座位下，抱着帆布包，睡了一夜。下火车时，已临近中午。他买了一张厦门地图，走了两个多小时，到了码头，坐轮渡，去鼓浪屿。他知道诗人舒婷住在鼓浪屿，但不知道门牌号码。问了一天，也没问到诗人舒婷住哪儿。在岛上睡了一夜，又回到火车站，在候车室睡了一夜。

谈起这件事，他的语气依然激动。

他还去过一次四川，找长胡子诗人廖。他说他要找廖谈诗。 我不知道他有没有找到诗人廖。他是爬火车去的，三天三夜，辗转几个站，饿得蜷缩在货堆上，到了一个叫涪陵的地方。他说，廖做过流浪者、临时工、炊事员、汽车司机，和自己一样高考落榜，他们有说不完的话。

在小学代了两年课，杨绍全被解聘了。临时代课老师一年工资三百六十块钱，年终一次发。杨绍全在我家坐到了半夜，也不愿走。我父亲也不知道怎么安慰他，说，工钱一天一块，也没什么值得留恋的，做手艺，一天有一块五，还包餐饭，下午有一个点心吃。杨绍全仰起头，看着挂在壁板上的十五瓦电灯，怔怔发呆。

秋收之后，杨绍全去学了石匠。东家客气，叫他杨老师。他摆摆手，说，不要叫老师，叫伙计。有人见杨绍全挑着石灰桶，拿着泥刀上工，大声叫："杨老师，不去上课，挑石灰桶干什么？"杨绍全面红耳赤。也有人叫："绍全读了那么多书，和我们拿泥刀的人抢饭吃啊。"

学徒工资，一天七毛，由师傅开。师傅见他体弱，家境过于一般，给他开八毛钱一天。学了一年半，他不学了。手艺不精，村里没有人请他做大工。他只会砌矮墙、粉刷石灰、夯地、打地梁、围猪圈。封墙、砌灶、架桥，他动不了手。墙砌到一人高，就坍塌下来。

一个邻村的包工头，在德兴铜矿包了土建工程，要请三十多个石匠，五块钱一天，包住不包吃，工资十天结一次。杨绍全挑一担铺盖，去了。村里的石匠大部分都去了。我有一个初中同学叫时鸿，在铜矿开矿车，叫了我几次去矿里玩。寒假，我和另外两个同学，搭过路大货车去了。

铜矿在一个山窝里，四面环山。矿部在泗洲镇，夜风灌进来如梭鱼游动。玩了两天，觉得也没什么好玩，我们待不住。我想起了杨绍全，问李时鸿："我们镇里的人在哪个矿区做工？"

时鸿说，有好几拨，做建筑的，在祝家村。吃了晚饭，我一个人沿河边，往祝家村走。河狭窄，散发出腥臭味。垂柳落得一片叶子也不剩。风冰冻在皮肤上。到了祝家村，见路边有一排塑料皮布搭的工棚，亮着灯。我进去，见两个人正坐在砖头上吃饭。我问："你知道郑坊人在哪个工地做事吗？"

一个端着铝盒的人站起来，说："你找我？"

灯有些晃，看不清人脸，但声音可以听出来。我说："杨老师，运气好，一下子找到你了。"

工棚里有一个小锅，架在四块大砖头上，锅里嗞嗞嗞冒着油烟气。锅里是白菜，和不多的肉片。杨绍全看看脚下，说："你都没地方坐下，我们一起去馆子店吃个饭。"和他一同搭伙吃饭的，也是镇里的人，但我不认识。我站了一会儿，说："你们吃饭吧，别把吃饭耽误了。"杨绍全放下饭盒，对他工友说："我们是邻居，我陪他找一个地方坐坐。"出了工棚，我问："你还写诗吗？"

"不写诗怎么活下去。"他说。他转身回工棚，在被窝下翻开一块砖头，拿出一卷装订好的白纸本。我熟悉这个白纸本，十几岁时就熟悉。它是他的阴魂。它浸透了他阴魂的汁液。蓝墨的汁液。树叶捣烂的汁液。大雪垂降夜晚的汁液。秋天羸弱的汁液。

我说："你在工棚里写诗？"

他说："写诗需要办公室吗？"

他说："砖头可以当枕头，可以当桌子。在砖头上写诗，中国没几个吧。”

在小店门口，他掏出两块钱，说：“买一瓶高粱酒去喝，再买一包花生和榨菜。”他的指甲缝里有黑黑的泥垢。他宽大的厚厚的手，第一次被我握住。他的手很暖和，似乎冒着小锅里的油烟气。我鼻子发酸，不知为什么。我说：“我不会喝酒，你回家了，去我家喝，我爸有一缸高粱烧。”

在河边，我们来来回回走了很久，说了很多话。他戴一顶棉帽，身子略显佝偻。他裹在身上的大衣，我熟悉。蓑衣一样的大衣，曾遮住了半个窗户的大雪。

回到时鸿宿舍，我在院子里站了好久。天空仿佛填满了污泥，漆黑漆黑。我仰着头看，看了好久，也没看到一颗星星。星星也会消失。

我读过他很多诗歌，如《有一种动物叫人》《生活在另一个星球》《冰窟失眠者》《铁钉必须承受铁锤》《活着和死了的区别》《最后一个火炉》《不要以为我不会痛苦》《死神随时降临》，等等。在我的青年时代。

有一年，县城里开诗会。这是新时期以来，县里召开的第一个诗会。他参加了。诗会在一个县直单位内部招待所召开，三十多人参加。他是一个无名者，是乡文化站推荐参会的。会议日程安排了三天，有交流会，有研讨会，有朗诵会。主办单位还请了刊物编辑来讲课。讲课的编辑是个老同志，讲课的内容是批判朦胧诗，把北岛、杨炼、顾城当作一堆狗屎。课没讲到一半，杨绍全把桌子掀翻了。点一根火柴，可以把他嘴巴烧起来。他跺脚，说：“你知道什么叫诗歌吗？你知道舒婷存在的意义是什么吗？”

他被主办单位轰出了会场，像一条狂吠的狗，被赶走了。我送他去汽车站。这是他第一次来县城。他毛喳喳的头发，窝成一团。一路上，他反复问我：“这些都是写诗的？写《村妇》《山里人家》《家乡的小溪》，听他们朗诵，我都想吐出来。”

我说：“我哪懂这么多，我是来瞎起哄的。”他说：“诗歌是他们的胭脂，他们对于诗歌却是一种毒害。”到了车站，我送了一本《五人诗选》和两本硬皮抄给他，说：“好好写诗吧，也好好生活。”

车驶出车站，我还站在路口。中巴车摇摇晃晃，穿过灵山路十字路口，穿过丘陵间的甘蔗地，灰尘高高扬起。我一时无措，不知是回学校，还是继续在诗会玩。夕阳坠下地平线，余晖斜长。稀稀寥寥的街道，风扫来扫去。

我参加工作之后，杨绍全来我这里玩过一次。他三十岁了，还没结婚。我不知道他有没有谈过恋爱。他当代课老师时，爱过一个女人，我是知道的。姑娘叫什么，我忘记了，只记得名字里带一个蝶字。他写过很多爱情诗给她，也写过很多情书。蝶初中毕业在镇酱油厂上班。十七八岁，美人蕉一样好看。杨绍全寄情书情诗给她。一个星期一封。他从没收到过回信。直到去了铜矿，他不再寄信。他见过蝶好几次。他假装去酱油厂买酱油，看她。事实上，蝶在酱油厂上了一年班，去了市里，在一家百货商场当了营业员。

我在一个文化单位上班，住在僻远的郊区。一次，我刚从广州回来，在填写报销单。门房的师傅打电话给我：“有一个叫杨绍全的人找你，说是你老乡，让他上去吗？”我说：“我下来。”在会客厅，他拘谨地坐着，皮鞋头有些开裂，穿一件猩红色夹克。

坐了一会儿，我带他去“知青农庄”吃饭。他说，他想看看诗歌刊物，好多年没看过了，一直在外地做工，订了刊物也收不到。我说，我宿舍有，你带一些回去。吃好饭我们在宿舍聊到半夜，喝了半箱听装啤酒。第二天，我装了两蛇皮袋刊物给他。我每年订二十几种刊物，《收获》《十月》《当代》《钟山》《花城》《作家》《人民文学》《诗刊》《天涯》《诗歌月刊》《星星诗刊》《小说选刊》《中篇小说选刊》《世界文学》《小说月报》《中国作家》《青年文学》是必订的。每天至少看三小时才睡觉。桌上、床上、书架上、卫生间的洗手池上，到处堆着杂志。杨绍全说：“我从没见过这么多杂志。”

年终，他结婚了。他老婆是涧坞人。涧坞和小玉山临近，一个在山北，一个在山南。他相过很多次亲，都没成。没人看得上他。他还闹过相亲的笑话。女方妈妈问他：“你除了做石匠，还会干什么？”他说：“写诗。”女方妈妈说：“卸尸？卸一次尸，收多少钱。”在我们的方言里，写与卸，读音一样。杨绍全当时肺都气炸了。村里有一个叫四只脚的姑娘，肥肥胖胖，嘴巴裂开。全枝金对我母亲说：“四只脚还没人说亲，你去汪家说说。”我母亲说：“一代亲三代丁，你怎么这样没头脑。”全枝金说：“有总比没有好，怕儿子打单身。”我母亲说：“你找别人去说，我不去说，你儿子一不傻二不痴，你怕什么。”

涧坞有一个职业媒婆，叫凤妈，没有她谈不合拢的婚事。方圆十里，姑娘后生，没有她不熟的。全枝金托凤妈多次，给儿子绍全说个媳妇。说了两年多，凤妈也没说合上。她对全枝金说，你儿子长得糙了一些，脾气倔，但人厚道勤快，我二女儿蓝英没出嫁，把蓝英许给你儿子吧。

蓝英就这样来到了杨家。杨绍全再也不出去做工了。

镇边上有一个粮食局储备库。储备库注重文化建设，想找个合适的人，负责出黑板报宣传栏、写材料，可一直没找到。镇宣传干事推荐了杨绍全。一个月六百块钱，加一个夜班十块钱，加一个白班三十块钱，享受节日福利，享受双休。杨绍全很满意这份工作，做事格外用心。每天骑一辆自行车，十五分钟到储备库。他开始戴帽子。一年四季戴。夏天戴草帽，冬天戴呢子帽。呢子帽没有帽檐，中间有一个圆蕾。看起来，像一个下山道士。

没过几年，杨绍全有了一双儿女。儿子叫杨少仑，女儿叫杨美仑。杨绍全去哪儿，都背着儿子。儿子吊在父亲肩膀上，像一条吊虫。少仑于是有了吊虫的绰号。蓝英是个舍得吃苦的人，和杨绍全一起下地种田。她也是一个强悍的人，挑砖挑沙做房子，也一起干。一担砖四十块，她从一楼挑上二楼，半天挑三十五趟，挑完了再做饭。杨绍全一担砖四十块，挑一趟歇半支烟功夫。她不责怪他，说他文弱，只有这个体力。

房子建在柿子树边。柿子树高大，遮掩了半个菜园。四月，树叶发青，婆娑弄影。树前有一条小溪，小溪上有石桥。石桥前有一个丁字路口，村人在这里聚集闲聊。蓝英把一层楼房盘出来，开了一家杂物店，卖酒缸、扫把、凳子、箩筐、篮子、竹筐、圆匾、椅子、家用刀具、碗盘盏碟等。余房开了麻将房。买东西的人少，玩麻将的人多。玩一场麻将，两块钱。麻将房里夏天有电风扇，冬天有火盆，还供应热茶。四张麻将机，天天坐满。打麻将的，大多是妇女，也有几个老人。吃了午饭，打麻将的人陆陆续续来，站在桥头，说话抽烟。这里也是消息传播最快的地方。蓝英管白天，杨绍全管晚上。夜场一般在十一点便散场。也有输钱不愿走的人，说最后打四圈，打了四圈，又说再来最后四圈。厅堂墙上挂了电视，杨绍全躺在椅子上，盖一条毛毯，架起脚看电视。再好看的电视，他也看不了两集，闭着眼睛打瞌睡，歪着头，翻出厚厚的嘴唇。嘴唇不再是红红的，而是红白相间。

待儿子吊虫上中学后，杨绍全把他叫到身边，说："我现在教你写诗，写诗是老师教不了的，你以后做一个大诗人。"

蓝英一把拉过吊虫，说："千万别学你爸，写诗写到三十岁还找不到老婆，你就是以后打流，也别去写什么诗，你就是去做一个讨饭佬，也别去做一个大诗人，我不能让你被你爸祸害了。"惹得麻将客们一阵哄笑。

吊虫像他妈，粗壮，结实，黝黑，有一身好力气。

储备库在二〇〇四年搬迁了，没了人，一把挂锁锁了大门。杨绍全除了守麻将馆，有更多时间下地干活，他头上顶一个粗篾青编的粪筐。他用粪筐当太阳帽，或当斗笠。粪筐可以装猪粪牛粪，也可以装草料、白菜、萝卜、脏衣服。没东西装时，回来的路上可以捡干树枝捡烂铁。粪筐大身子小，人显得变形。他手上握一把割草刀，走路一晃一摇，粪筐也跟着一晃一摇。他是村里唯一顶粪筐的人。

二〇〇五年四月，县里请诗人舒婷来讲学。清明，我回家扫墓，去杨绍全家，把消息告诉他。他正在打王炸。他掰着扑克牌，皱着鼻子，香烟熏得他半眯着眼睛。见我来，他扔下牌，给我泡茶，说，我就不去了吧，她的诗，我都忘得差不多了。我再也没说什么。

柿子树离我家有一里多路，黑灯瞎火。我抬头看看天，星星不断爆出天幕，星星也不断隐于消无。水色的天光，有些荡漾。饶北河的风幽凉，青草浓烈的气息呛鼻。这是我最后一次去他家。他倒是经常来我家。我父亲要喝啤酒了，打个电话给他："绍全，给我送一箱啤酒来。"他骑一辆电瓶车，嘟嘟嘟，一会儿就送上门了。我家电路坏了，我父亲打个电话给他："绍全，我的线路又坏了，你空了就来帮忙一下。"

绍全在储备库学了维修、安装水电的简单手艺，村里谁家的水电出了问题，都找他帮忙。他穿一件灰蓝色工装，背个电工包，骑电瓶车来了。他的胡茬有些虚白，额头有了旱田的裂纹。他从不收工钱。村人买杂货，也去他店里。人都互相帮衬着。

二〇一二年，吊虫高中毕业后，在家混了一阵，便去了温州的地下赌场，跟着一个叫捞梨仔的同乡混场子，和湖南人打架，被人割了脚筋。脚筋没割到，割下一块肉。吊虫再也不敢去混赌场了，去了慈溪电厂，在那边成家立业，很少回来。

二〇一五年正月，我建新房，清理物件时，无意翻出杨绍全藏在我家木箱子里的三个档案袋。里面是杨绍全的手抄诗集，有些霉变的气味。他黑色碳素的笔迹，在纸上，像一张模糊的脸。我叫侄子打电话给杨绍全，叫他来我这里。他骑一辆旧电瓶车，突突突，一下子就到了。

他眯着熬夜人惯有的通红眼睛，望望我，说："什么好事？"

我拿出档案袋，说："这是你的诗集，你拿回去吧。"

"你保管得这么好啊。我都忘记了。我留它干什么？你用它发灶膛吧，很好烧，一下就烧没了。"

他发了一支烟给我，拍拍身上的烟灰，档案袋也没接，说："正月客人多，店里忙，我先走了。" 突突突，骑着电瓶车就回去了。他自己忘了的事，别人也忘了。

有人杀了年猪，请吃杀猪饭，必请杨绍全。他照应着家家户户的水电。我家来了客人，我父亲也叫上他，陪喝几杯。他笑眯眯，头大头圆，厚嘴唇，笑得像个佛陀。

（首发"网易·人间"）

父　土

“土是我们的肉身。”凡生坐在茅铺喝水，和烂陀说话。烂陀是个瞎子，以算命为生。烂陀问他：“你踩了半辈子的窑泥，怎么踩不厌呢？”凡生这样答。烂陀后衣领挂一把油布伞，背一个黄白色棉布袋，拄一条竹杖。棉布袋里有三副纸牌、一把紫黑胡琴。笃，笃，笃，烂陀用竹杖敲击路面，说：“凡生啊，报个生辰八字，我给你算一张。”

“我的命就是土的命，哪有算头？”凡生说。他仰起脸，把半碗水喝干，摇摇空碗，说：“滴水不剩，到了最后，每一个人都这样。”

“话是不错，是这个理。你把手伸出来，我摸摸。”烂陀说。

拍拍手上的泥垢，凡生把右手伸了过去。烂陀捏他的手，反复摩挲，说："你脸大脚大，眉骨凸出，铁板牙，命硬。"凡生张大嘴巴，笑了起来，问："你怎么看得清我的脸，莫非你是个睁眼瞎？"

"一个人的手，就是一个人的脸。你手宽手厚手指粗壮，指骨暴突。可惜你手指太短了。"烂陀说。

"报一下你儿子的名字。"烂陀又说。

"大儿子叫土荣，十七岁；二儿子叫土旺，十三岁。"

"土生万物，草衰草荣。土养人丁，地肥人旺。你老婆叫什么名字。"

"金兰。"

"你几个女儿？"

"两个。大女儿叫水仙，十九岁；二女儿叫桃英，十岁。"

"一花谢，百花谢。土硬物衰。"烂陀喝完了茶，笃笃笃，敲着竹杖，往巷子里走了。他走百十米，站一会儿，拿出胡琴，嘎咕叽咕，拉两弦，唱："今生难得有情人，前世烧了断头香……"

烂陀临走扔下的两句话，凡生不解，但记住了。凡生问过村里好几个有书底的人，也不解。凡生求教风水先生法海师傅，法海师傅也百思不得其解，说："这是土咒，是赐给你的箴言，你还得请烂陀师傅解。"

"我去了三次烂陀师傅家里求解，他不说。给他相命钱，他也不收。"

"他不说，土咒变成了命咒。既是命咒，坦然接受吧。一个人的命运，就是一个人肩上的担子，这个担子只有自己挑，换不到别人的肩上去。各人有各人的担子，再难挑，得自己挑。”法海师傅说。

烂陀在饶北河上游流域，很有声名。老一辈的人，信他相命。最让人信服的，是他打时。在郑家坊，打时也叫报时、断时、测时，是古代占卜法之一，俗称报时起课法，适用于寻物、找人、拆字解字、预测寿数。他把胡琴拉起来，开腔唱两句，屋里的人便知道烂陀进村了。他一个人来，有时也两个人来——他的老婆牵着竹杖，带着他。他老婆叫素妍，身子高挑，水蛇腰，脸修长。素妍坐在烂陀身边，看他算命，微微笑，笑出一个梨涡。有几个男人也不下田了，看烂陀算命，也斜眼瞄瞄素妍。爆米花的疤瘌丁乐呵呵逗趣烂陀：“你又看不见脸，讨这么漂亮的老婆干什么，是浪费。”烂陀说：“脸摸起来比看起来舒服，你不懂了，女人的脸就是女人的心，脸软心慈。”素妍听了，咯咯咯笑。

瓦窑场在村口晒场侧边。一条石板路绕过瓦窑，在晒谷场分开，呈“丫”字形，进入村里。晒谷场和瓦窑场，是孩子们玩耍的地方。这里开阔，场地平整，适合奔跑。孩子们推铁环、放风筝、跳房子，都在这里。到了下午，瓦窑场会有妇人来，提一个竹篮，篮面上盖一条白净的洗脸巾。妇人提着篮子，坐到自己男人身边，掀开洗脸巾，端出一碗面，或一碗蛋炒饭、一碗饺子，给男人作点心。

在瓦窑场做事，属于重体力劳动。凡生在场里做踩泥工。金兰担（方言，担同提）点心，大多时候是馒头。她不提篮子，臂弯里夹一个箢箕，箢箕里是花白的馒头。有孩子在场，她一人发一个。孩子们怯生生地接过馒头，撕馒头皮，一片片，吃完馒头皮，大口啃，一路小跑回家。面粉是用她自己种的麦子碾的，馒头喷香。她是种麦的好手。在村后山腰，她垦了一片山地，蓬松的黄土上，麦子长得摇浪推波。

瓦窑场用黄土。黄土在官葬山。开手扶拖拉机的来春，负责挖黄土、拉黄土。黄土赭黄，干燥时蓬松，阴湿时绵实。

“官葬山的黄土好。”凡生说。

“为什么这样说？”来春不懂，爱刨根问底。

“郑家坊一带，只有官葬山的黄土，用手指蘸水捏，能捏出松脂一样的泥浆。其他地方的黄土捏起来，指头只能磨出沙粉。”

“哦，哦。怪不得，村里死了人，喜欢埋在官葬山。”来春说。

拉来的黄土，卸在泥坛里。凡生把泥堆出一个馕饼形，边堆边用锄头脑捣碎泥团。堆一个泥坛，刚好一天。泥坛大，可以装二十几车（拖拉机）黄土。太阳如渐熄的火炉，架在山巅之上。红焰噗噗飘动。天边的云彩也噗噗飘动。山影在田畈拉长、变形，像鬼故事中的幽灵，盖住了村舍。凡生操起长柄水勺，从泥坛边的清溪里掂水上来，一勺一勺泼在泥面上。泥泼足了水，稀薄的天光也蒙上了夜色。暑夜多美，蓝星爆出天幕，宛如露珠。南风从田畴卷过来，从河面卷过来，悠悠。风没有声音，只看到秧苗翻浪似的涌。幽凉之气夹着野草的气味，带着泥土的松软，一下子把晚归的人裹紧。天光浸透了草露，淡薄，有着南方的清雅和悠远。

戴一顶箬叶斗笠，光着身子，用竹梢赶着牛，一前一后，在泥坛里踩黄土。黄土泡透了水，发胀，散成拳头大的泥团。牛的脸上蒙着黑布，沿着坛边，一圈圈走。人也一圈圈走。牛脚陷在泥里，人脚也陷在泥里。牛走不动了，凡生甩一下竹梢，啪嗒，打在牛臀上，说："要么耕田，要么踩泥，你不耕田，就可以吃吃嬉嬉吗？ 谁不想吃吃嬉嬉，你以为我不想啊？"

牛抖抖肥臀，唵——唵——唵叫几声，拖出长长的浓鼻音，尾巴甩在脊背上，甩死一只大牛虻。牛虻的螯，针管一样，扎入牛的皮肤，吸血。牛虻头部呈黑褐色，有乌黑光泽，大而凸起。

天热。暑气滚滚，空气一波波涌动。牛走二十几圈，拔不动腿了。牛躺在清溪里，滚几下，沿着溪边墙埂，吃鲜草。凡生不怕热。他把泥浆裹在身上。他成了泥人。黄泥浆稠稠的，裹上去，吸在皮肤上，沁凉。泥浆一下子把身上的暑热吸干，泥湿慢慢蒸发，泥浆慢慢干涸，收缩在皮肤上，裂出细纹。泥浆变白，碎裂，落在泥坛上。泥浆里，有了凡生的汗渍，有了凡生毛孔里的污垢。

一年四季，凡生都在泥坛里走，一圈圈走。黄土一圈圈烂，成了烂泥浆。泥浆稠了，再泼一次水，继续踩。黄土有了胶性，黏黏糊糊，手摸起来，像发酵了的面团。生土成了熟泥，盘泥切块，堆在茅铺下，供瓦工取料。

踩泥的人，不仅仅要一副好身体，还得要一双好腿骨。

一个人天天浆（方言，浆，动词，指有耐心地、专注地干某一件事）在泥坛里，跟着一头牛打转，这样的人，会是什么人？踩泥的人，一个村子里挑不出三个。

泥坛是圆形的，像一个大脚盆。凡生二十一岁开始，没离开过这个泥坛。黄泥浆一直裹着他的双腿。他陷在黄土里。

踩泥之前，凡生造了三年田。生产队口粮紧缺，田少。山垄有一片缓坡，长满了芭茅和芦苇。缓坡有二百余亩，沿着溪涧，从山垄里一直往外拉。一家抽一个男丁，开荒造田。吃了早饭，生产队长丁丁壳在巷子口，嘘嘘嘘，吹哨子，喊两声：“出工了，造田了。”三十几个青壮年挑着簸箕，扛着钢钎，赶着牛，推着货车（独轮车），去山垄。他们烧荒，挖草蔸，依地形修筑田埂。山垄是焦土，土硬，土质肥力不足，造田需要拉塘泥或黄土来。

黄土一板车一板车拉来，平整在新田里。男人一边平土一边唱着，汗水浇透了民谣：

山沟沟里的喜鹊
山尖尖上的鹰
河湾湾的柳树下
鸳鸯浴红衣
哥哥在山沟沟背着太阳造田
妹妹在河湾湾等着春麦开花
麦花雪呀雪呀白
喜鹊叽呀叽呀叫

妹妹盼着哥哥来到柳树下
亲呀亲心口口甜

黄土田适合种土豆，也适合种麦子。一季土豆一季麦子。巷子里的人，看重那块生田。玉山有一个糖厂，有甘蔗渣。丁丁亮听说甘蔗渣埋在田里，很肥田，可以改造土壤。他们又去拉甘蔗渣。枫林去糖厂，有五十来公里，他们带上饭团、水、剁椒，拉板车，步行去了。一个来回，至少走二十个小时。去一趟，拉十几车甘蔗渣回来肥田。甘蔗渣白白的，用化肥袋装起来，堆在板车上，堆得像个草垛。他们躬着腰，车绳勒在肩上，草鞋踩在沙石公路上，脚趾紧紧收在一起，像患难的兄弟。那两年，看见拉板车的，十几辆走在一起，路上村镇的人，就知道枫林人拉甘蔗渣了。拉甘蔗渣的人有一副好脚力，耐饿熬瞌睡。

没有去拉甘蔗渣的男丁劳力，晚上拉板车去郑家坊街上，掏公厕。郑家坊驻扎着人民公社、粮管所、医院、学校、拖拉机站、酱油厂、石灰厂、供销社、木材加工厂、锅厂，这些单位的公厕，被枫林人掏得干干净净。生田养了三年，成了熟田，黄土便成了黑泥。

一条山垄变成了梯田。梯田月弧形，一弯弯。田是冷水田，一年两季水稻。第一年开秧门，巷子里的几十个男男女女，在山垄里办了开秧节。开秧节每年都有，一般比较简单，在拔秧之前，烧三刀黄表纸，上香，叩拜，在地上摆一碗肉、一碗酒，放一串百响花鞭。炮仗放完了，卷起裤脚下田拔秧。而这一年的开秧节，很是隆重。三牲裹着大红布，摆在长条大木墩上，万响花鞭呼隆隆地炸响。香桌上摆了酒、茶、桑果，也摆了黄土，摆了长脚红蜡烛。男男女女戴上了大红花。丁丁壳站在秧田里，说："我们肩挑背驮，靠锄头簸箕板车，造了一垄山田，彻底解决了我们的粮食问题，土长出了粮，粮是我们的神，秧门开了，就是仓廪实了。"

冷水田种出来的稻米好吃，香，糯，甜，不吃菜，也可以让人吃下三大碗。

黄土多好啊，养肥了可培出熟田。黄土多好啊，浆了石灰，可夯墙，有了我们的泥瓦屋，上百年，雨水也浇不塌它；在泥瓦屋里，浆石灰渣夯黄泥地，用趸槌趸，毛糙糙的地溜光了，千百年也不会坑坑洼洼，冬暖夏凉。黄土多好啊，踩烂了，摔出泥胶，套在竹模上，刷出器胚，晒干，放在窑里三日三夜地烧，烧出了屋上的瓦、墙上的砖，烧出了地窖里的酒坛，烧出了伙房里的钵头、瓦罐、水缸，烧出了圆腰深的米缸。土不仅仅长出了粮食和菜蔬，土也夯了墙烧了砖，我们有了皈依；土烧出了人外在的脏器：吃饭的碗、储米的缸、腌制菜的坛、盛凉粥的钵头、礼佛的油灯、藏零食的瓮……造了田，凡生去了窑场踩泥。他喜欢踩泥，脚陷在泥里，泥被挤压出空气，会扑哧哧地叫。泥叫了，脚舒坦。脚舒坦，人舒坦。他喜欢把踩出胶的泥，抱在手上，没有任何土腥和异味，凉幽幽，沁人心脾。

这个土窑，已有三百多年的历史，长垄的窑身埋在缓坡状的土里，露出拱形的窑顶。晒胚场有四个篮球场一般大，砖胚码在中间地垄里，瓦胚码在场院四边。茅寮挨在窑的右侧，师傅在茅寮里裸着上身，单挂一件猪皮围裙，摇瓦胚。茅寮比较宽阔，搭成一个“人”字篷，路过村子的人，想喝茶了，在茅寮歇脚，山天海地谈白。村里的事，镇里的事，在茅寮里做事的人，都能谈出子丑寅卯。踩泥其实是一脚（方言，脚即件）枯燥的事。一个人在泥坛里，无人和他说话。凡生和牛说话。他高兴了，和牛说，拉拉牛尾巴。他受气了，也和牛说，摸摸牛屁股。有一次，他在家门口的樟树下，捡了一只受伤的山噪鹛，养在笼子里。养了一个月，伤好了，他提着笼子，来到樟树下，打开笼子，山噪鹛飞走了。可没过一会儿，山噪鹛又呼呼飞回来，落在凡生的肩膀上，嘁嘁嘁嘁地叫。

凡生走到哪儿，山噪鹛跟他到哪儿。

山噪鹛在地上蹦蹦跳跳，也在他左肩右肩蹦蹦跳跳。凡生去踩泥了，山噪鹛也去，跳在牛背上，吃苍蝇，吃牛虻。他也和山噪鹛说话，他和山噪鹛说起了坳头的姑娘金兰。

金兰是猎人的女儿，家住坳头。坳头是一个十几户人家的小村，在深山里。深山没什么田地，多以捕猎为生。有一次，金兰挑野猪来枫林卖，快晌午了，还有一个野猪腿没卖出。凡生叫住了她：“卖野猪的，太阳这么大，过了等日（方言，等日是太阳中等分天空，即晌午），肉腐了，谁还会买啊，送给别人也不会收了。”金兰抬眼看看，一个泥人，露出一对黑溜溜的眼珠子，身子高大，水牛一样敦实。凡生又说：“我用米给你换吧，半斤米换一斤野猪肉。”

这样，他们认识了。他就和山噪鹛说了。他说，金兰姑娘能来我们家坐一坐，该多好。山噪鹛向他转起乌溜溜的眼睛，呿呿呿嘁嘁嘁。它叫得像山歌一样好听。凡生笑了，说："我的话，你又听不懂。"山噪鹛又呿呿呿嘁嘁嘁叫。凡生又说："我的话，你听得懂，牛也听得懂。"凡生又笑了。

金兰每次来枫林，在清溪边，山噪鹛嘘嘁嘁嘘嘁嘁，转着乌溜溜的眼睛，在牛背上跳。凡生侧头一看，金兰戴着草帽，穿着青蓝色凉鞋，看着自己。金兰唤一声："踩泥的，米换肉啊。"

野猪的肺、大肠、腰子，腥味重，无人买。金兰把这些东西放在箩筐底，送给凡生吃。金兰说："山胡椒除腥，放干辣椒炒，一点异味也没有，比家猪下水好吃。"

金兰来了，凡生和山噪鹛说上半天。金兰隔了三五天没来，凡生和山噪鹛说上三五天，说："金兰姑娘怎么不来了呢？我家的栀子花开得跟月亮一样大了。"

来年春天，凡生踩了新年的第一坛泥。凡生和山噪鹛说："我想去提亲了，我想去坳头了。"山噪鹛嘻呿呿嘻呿呿，叫得很欢。他提两瓶全良液，恳请法海师傅作媒，去一趟坳头。枫林方圆三十里，没有法海师傅不熟悉的。他背一个黄布包，走遍了村镇。

翌年冬，下了一场盛大的雪。雪从山尖往下盖，盖了山梁，盖了田畴，盖了树梢，盖了屋顶，盖了窑顶。雪也往上盖，盖了白净的天边，盖了毛眼眼的太阳，盖白天也盖了黑夜。没有盖住的，是麦苗尖和灶膛火，从雪缝里钻出来，从灶膛里扑出来。麦苗吐出河流奔腾的气息。灶膛火带着干木柴的爆裂之气，卷起了山野。冒着纷飞的大雪，凡生挑着一担猪肉、一担布，迎娶了金兰。

凡生结婚时，烂陀还不认识凡生。烂陀还是一个少年，身上还没有过冬的棉裤，整个冬天窝在床上。他的父亲还在望仙的一个林场，代人记账。那时，烂陀还不叫烂陀，叫桥头瞎目。村村有瞎目，一个或几个。称呼起来，免得混淆，便以小地名做前缀代称，如马车瞎目、樊家村瞎目、七宝地瞎目。饶北河有一座木板桥，有好几百年历史了。“个”字木桥墩，有十三个，桥墩是松木。水下千年松，楼上千年枫。松木泡在水里不烂，桥墩取松木为多。木桥早于小村，小村便称桥头村。

桥头瞎目特别聪明，有听书不忘的本事。他拜了望仙乡的道道公为师，学相命、打时。道道公家祖传相命，已有七代。桥头瞎目生下来，双目就是两个窟窿。

有一年，桥头瞎目拉着胡琴，去余宅相命，有一户人家请他打时。户主姓余，三十七岁，他的老娘被煞气（煞气即中邪）伤了，瘫倒在床已有月余，看了几拨医生，也不见效果，人一天比一天憔悴下去了，该（方言，该同这）几日，只能灌米汤喝了。桥头瞎目问了被煞气打倒的时辰、日子、地点，问了老人的出生八字，说：“敞开大门，我画的符贴在香火墙上，贴半个时辰，风吹掉下来，我就不打时了；我走路，风吹不下来，我打时，算一卦。”

正是大风之日，风呼呼呼，晾在屋檐下的辣椒串，掉了

好几串下来。挂在窗台上的蜂桶，也倒了下来。

用米汤糊在香火墙上的符纸，长条形，被风吹得啪啪响，纸像鸟翅一样扇动，可就是不掉下来。桥头瞎目说：“你去上三支香，烧一刀黄表纸，烧了纸，我打时。”

桥头瞎目坐在靠背凳上，从布袋里抽出胡琴，架起腿，哩哝呐哝，清清嗓子，唱：

行行度桥，桥尽漫俄延。身如梦里，飘飘御风旋。清辉正显，入来翻不见。只见楼台隐隐，暗送天香扑面。

唱了几句，屋里来了七八个邻居，看他打时。

他摊开自己的左手，大拇指在食指、中指、无名指之间，跳来跳去，按掌诀大安、留连、速喜、赤口、小吉、空亡，掐指打时。

“唵，唵。余大哥啊，你娘伤了煞气的头一天，去上了坟。坟在南边，过了河。坟是七年的坟。”

“师傅。我娘是去上了坟。我外婆过世七周年，她去拜拜。”

“我给你解解时吧。”他又拉起了胡琴，舒缓地说唱，“你娘啊，出门上坟，早了时辰，在河边三岔路口啊啊啊，碰上煞神乌面伤了身，伤了身。乌面一路跟着来，关在屋里不现身。乌面不走人不安，人不安。”

余氏拜了下去，恳求桥头瞎目：“师傅驱走了煞神，我愿出一担谷子，放十万响花鞭。”

"余大哥言重了，救人要紧，救人要紧。"桥头瞎目说。他又说："逢单日的酉时，你带一把笤帚去河边三岔路口，在路口叠七个石头，叠成塔，烧七支断头香，拜七拜，连去七次，你娘便好了。"

桥头瞎目又交代余氏："笤帚骑在裤裆下，从你娘房间一直骑到三岔路口，不能开口说话，回来的时候，笤帚撒上香灰，进了你娘房间，烧七支老艾。"

过了十四天，余氏的老娘下地了，大口吃饭，拎着篮子去河埠洗衣服。桥头瞎目在余宅传开了，说："真是土地神显身，踏门时（打时也叫小六壬预测法，有十几种方法，有些方法具有巫性。踏门时是具有巫性的一种，打时的人不需要亲历事件，根据进门所掌握的信息，作出判断）灵验，无人可比。"郑坊街上"徐氏诊所"徐远桂医生是老人的诊疗医生，说老人是膝盖关节风湿痛，吃了一段时间药，施了几天针灸，才可以下地的。

余宅的人骂徐医生不要脸，吹牛，把桥头瞎目的功劳堆在自己头上。徐医生哭笑不得。

桥头瞎目如佛陀，被人叫成了烂陀师傅。

据我母亲说，烂陀师傅最厉害的，是下剑。下剑也叫下剑时，是打时的一种，专断妇女生小孩状况，什么时辰生小孩、生产时是否母女平安。下剑在饶北河流域失传了至少五十年，道道公也不会。

在饶北河上游，无论到了哪个村，烂陀师傅拉起胡琴，轻轻咳嗽两下，唱两句，屋里的人便知道他来了，很客气地请他坐。他白兮兮肉乎乎的手，让人羡慕。他是吃轻脚饭（方言，轻脚饭即无需干体力活赚来的饭）的人。有妇人很来事地对烂陀师傅说：“我家男人一双手两只肩，来不过师傅一张嘴，你活得像个活神仙，不下田，餐餐白米，不挑担，起屋上梁。”烂陀师傅蠕动蠕动嘴皮，嘿嘿一笑，说：“吃一辈子饭，不晓得稻子长得什么样，走一辈子路，不知道路到底有多长，你说我是不是白活了呢？”

我母亲很信烂陀师傅，我父亲很不以为然。我父亲说，算命打时，是讨一口饭吃的手艺，千万不能当真，只要不作恶不害人，三十六行总得有人干，瞎子算命，拐子撑船，聋子打锣，和黄地粉墙乌泥栽禾一个理。

我母亲鄙视似的，说：“就你懂得多，昨日鸡笼少了一只鸡，你打一个时，把鸡找回来。”

我父亲咯咯咯笑起来，说：“你讲蛮话，昨日乌失（方言，乌失即丢失），我怎么知道鸡走哪里去了？”

“那你说什么，烂陀师傅就找得回来。”我母亲白他一眼。

“你找烂陀，他厉害，他厉害。可以了吧。”我父亲又咯咯笑起来，说，“我昨日买了一瓶假酒，你问问烂陀，谁造假酒，我找出造假的人，叫他赔一担谷。”

“‘一花谢，百花谢。’‘土硬物衰。’烂陀师傅给凡生的两句歇语，你懂得多，抱着收音机睡觉，你解解。”母亲又白眼他，说。

我父亲翻白眼，发傻，说：“他随口说两句，全村人当真。算命、打时就是迷信。”

“你个痴子（方言，发傻的人，脑筋转得慢的人）。哪有算命先生乱说歇语的？法海师傅也解不来。”我母亲说。

“全村人解不来的歇语，这样的歇语一点意义也没有，成了没有谜底的谜语，无解。”我父亲摊摊手，说。

“这个歇语，当然可以解，我会解。从我八岁开始，我爸教我解歇语。”我母亲说。

“哦。爸是道家高手，我把这个忘了。”

“我爸断诀下剑，救过很多人的命。可惜他死得那么早。”

“那你解解这个歇语。”我父亲挨过身子，对我母亲说。

“这是个命咒。不能讲，讲不得。”

“你解不来，就说不能讲。”

“你真是痴子。没法和你讲话。命咒解了，就是人咒。”我母亲提一个菜篮，摘菜去了。她浮在田畴间的羊肠路，沿着溪边，往窑场走去。窑场过去，是一片瓜架。每天早晨的太阳，从瓜架上升起，像一滴酡红色的露珠。

每一个人都有自己的命咒，但无人知道自己的命咒是什么。这是我母亲常对我说的。命咒是一条密码文，刻写在头盖骨上。谁能看见自己的头盖骨呢？

凡生的密码文却是刻在脚板上的。一九九八年，窑场搬迁到官葬山，实行了机械化生产，也无需踩窑泥了。凡生做了个自自在在的种田人。他种了很多菜蔬，早上挑一担菜，去镇上卖。他有一个小布包，用一根麻绳束袋口。钱塞在布袋里。布袋塞在内衣里，一分一角，他都交给老婆。卖完了菜，带两个热乎乎的包子回来。包子是豆腐馅。金兰爱吃。

之前，他在泥坛里，天天踩，踩了三十余年。官葬山竹子林边的矮山冈，已被挖平，拉走的黄土，每一团，都踩在凡生的赤脚下。跟他踩泥的大水牛，先后有十三头。他是个温和的人，肥肥的裤腰扎一根长布条，跟在牛背后，戴一顶尖帽或圆帽斗笠，黄土踩出了浆水，踩出了稠胶。胶泥里，有他的脚印，有他的体温，有他的脾性和气血。这些，都烧在泥里，熊熊的烈火焚烧三天三夜，烧出我们头顶上的瓦，烧出我们的米缸酒瓮。

踩着踩着，金兰来了，成了亲。金兰蹲在溪边，看他端着大碗坐在坛池边吃点心。

踩着踩着，他的两个儿子来了，一个叫土荣，一个叫土旺。

踩着踩着，他的两个女儿来了，一个叫水仙，一个叫桃英。

踩着踩着，金兰又走了，他的鬓发白了。金兰去世，我母亲哭了很多天。作为邻居，我母亲异样伤心。二〇一三年端午节，我从上饶市回枫林，行李还没放下，我母亲站在柚子树下，对我说："金兰奶（方言，奶即婶）往生了，走得很突然。"我母亲又惋惜地说："走得太早了，才六十五岁。"

金兰查出直肠癌，定了动手术的日期，日期还没到，天天还在晒谷场散步，小满那天午睡，再也没醒来。"这样也好，少了很多痛苦。"凡生说。说着说着，他用双手抱住了自己的脸，泪水从指缝间流出来，在手背上，形成横流。凡生天天去里阳山的坟地里，坐上小半天。他们是一对恩爱夫妻，结婚几十年，彼此没红过脸。凡生每次上街，骑上他嘎吱嘎吱响的自行车，驮他一起去。街在八里路外的郑坊。凡生走亲戚了，也带着她。凡生踩窑泥，下午的点心，金兰从来没缺过。

他觉得从没有过的孤单。他失魂落魄。他忘记了他和丁丁壳说的话。丁丁壳往生，是凡生抬木棺的。丁丁壳的儿子哭得瘫软在木棺前，凡生安慰他："丁丁叔，我们造田，种田，一辈子都站在泥土之上。我们站在土上就是站在人世上，人世是堆在土上的。土下没有人世。人在人世是暂时的，是个四季客。人站在土上，也是暂时的，人如麦子，长一茬收一茬。人被土盖了，才永生。"

雨里霜里，凡生都去里阳山。土荣和妻子，生活在义乌。土荣在一家大型服装厂，做水电。土旺和妻子在县城，土旺在一家太阳能晶硅片厂，做质检员。土荣的儿子在深圳卖手机。土旺的儿子在兰州读书。

山垄里造出来的田，在二〇〇年前后，彻底撂荒了。只有凡生一个人在种自己的田，种玉米种土豆。凡生看着那么多田荒了，很是痛心，打电话叫土荣土旺回来，包田种。两个儿子没一个回来：种田亏本，田不值钱。凡生种了三年，也不种了——玉米土豆被野猪啃食，收不了。野猪特别多，有时还跑进村里。没几年，山垄长满了芭茅、乌桕、山毛榉、芦荻。田在草根树根下，消失了。

"那么好的田，种出的糯米又糯又香，酿出的糯米酒比高粱烧还旺口（方言，旺口即口感好、开胃），田造了才几年呢，说没了就没了。”凡生对丁丁壳说。丁丁壳病在床上，凡生去看他。丁丁壳说：“一条山垄养了我们一代人，养了我们的，我们都不要了，我们到底要什么？ 我以后，就葬在山岩上，可以看见这条山垄，看看它会不会又从山垄变成田。”

饶北河边的大田畈，凡生有三亩来田，他是一直种的。这是祖宗留下来的。“祖宗山祖宗田，是我们的庙。我们不能把庙毁了废了。”凡生说。他一个人耘田、耙田，一个人拔秧、插秧，一个人施肥、灭虫。稻子熟了，请来收割机，呼呼呼，半个小时把稻子全收割了。稻谷装进蛇纹袋，扎紧，装上拉货的电瓶车，带回家。大田畈像一块圆匾，盖在盆地上。

田畈，是大地最厚实的胸膛。饶北河上游的人，与田畈相依为命。四月的油菜收割了，田再一次翻耕，溢满泱泱春水，田畈一片白。鹭科鸟从遥远的北方，飞越千里，从灵山顶上，随同春雨，降下来。田头河边，鹭鸟随处可见。乡人抱一个畚斗，赤脚下田，从畚斗里摸一把稻种，抛撒。十天后，田畴茵茵绿绿。稻种从黑泥里耸起油青的芽叶。雨滴不再阴冷，而是凉凉的，打在芽叶上，芽叶轻轻摇一下，又旺旺地抬起头。大地日渐繁盛。四季在田野的颜色中流转，葱茏，多姿。即使是冬天，田畈也不单单是苍凉，肃杀的寒风一阵阵掠过，似乎从鼓风机里吹出来，呜呜呜地怒吼。麦苗和油菜苗在雪中默默抽芽，菜蔬也越发翠绿。野冬菊散落在每一条田埂，绽开金色的花。种子会发芽，草叶会开花——

泥土孕育的生命在四季的流转中，自由竞放。每一轮的生命，是大地的铭文和纪年。

稻谷堆满了凡生的谷仓。他一个人，一天吃不了一斤米。他儿子回家，凡生机一担米，给他们带去义乌和上饶。土荣不愿带，说，扛一袋米，在路上辗转太累人了。他说，超市会送米到家，一袋米值不了几个钱。凡生把土荣脚上的皮鞋脱下来，扔进垃圾桶，狠狠地骂："田畈长出来的吃食，是最干净的吃食，你还嫌弃，你不是枫林人，枫林走出去的人，脚上都粘着厚厚的土。"

里阳山是一个小小的山坞，遍布油桐树。有一天，凡生收了秋稻，扛一把铁锨一把两齿锄，去金兰坟地侧边，掏地坑。挖了十几天了，有人问他挖坑干什么。他说，他要修一座窑一样的坟。他拉河石，拉黄泥，在地坑上垒石块，圆拱形，往上垒。干了一年，土窑一样的坟垒好了，有拱门，有天窗，里面可以摆下两张床。他又去砍木柴，砍了二十多平板车，拉到窑一样的坟里烧，关了拱门和天窗。木柴烧了三天三夜，一地炭灰，里面干燥了，很暖和。凡生把床铺了进去，晚上睡在里面。

巷子有人讲凡生：越老越讥骨（方言，讥骨指不合常理，做事出乎人想象），有家不睡，睡到坟里。村里有好几个人，人还活在世上，便修好了自己的坟。但没活着睡进去的人。凡生说，一个人睡在家里心里会慌乱，睡在金兰身边，踏实。有一次，凡生睡在家里，听到金兰在叫他，可他应答不出来，喉咙里塞了沙子，他一把掏了出来。他再也睡不着了。他说，金兰在里阳山，一个人太孤单了，得陪陪她。

在窑一样的坟里，凡生住了四个多月，水仙出事了。水仙在马车村生活。她是一个很会干活的人。田里地里，她一个人干。她老公一直在火车站货场做装卸工，也节俭，钱一块一块地给水仙留着。水仙有高血压，不是很严重，便也一直没吃药。她婆婆身体不怎么好，得滋补一下。水仙杀了一只鸡，放在土灶里吊汁，塞了十几片人参进去。参片吊鸡汁，不能用盐，水仙放了两块冰糖下去。水仙的婆婆不怎么吃甜，汤汁喝了一半，又全吐了出来。婆婆说："甜味，实在受不了，和血腥味一样，呛肺，鸡汁还是你自己喝吧。"水仙把剩下的鸡汁，一口气喝干了。午睡了之后，水仙去田里拔稗草。稗草多，稗草长得比禾苗还高。她把稗草拔出来，踩进烂泥里。一边拔，一边踩。拔到了田中央，水仙倒在了田里，脸盖在泥里。过了十几分钟，被人发现了，拉进华坛山医院，人都没了气息。医生给她做了检查，说是高血压上来，有轻微颅内出血，倒在田里，被水呛死了。医生从她口腔鼻腔，洗出很多乌黑的泥浆。医生说，有高血压的人，吃参鸡汁，就是把自己往死里吃啊。

凡生的脸在收缩，像干旱的田，现出密密麻麻的裂缝。他头发落得快，黄白斑盖了头脑洼（方言，脑门）。苍蝇喜欢落在他头脑洼上，嗡嗡嗡。他的脚背生了一块块青苔一样的皮癣。皮癣痒，黄几天，再黑几天，继而一直白下去。临湖祖传医治皮肤病的麻壳梨医生说，这是皮肤中毒，凡生脚踩了太多的泥，吸了泥毒，积在脚上。凡生餐餐喝半两五步蛇酒。蛇解毒。其实，凡生并不是很在意自己患皮癣。他说：“枫林屋顶上，有过半的瓦，都是我踩出来的。”说这句话时，他说得特别响亮、提气。

他是一个完全把自己融在土里的人，以土为命。

土是生命最高的神祇。

我们在土上面种甜瓜也种苦瓜，种我们的吃食。我们播种，施肥，浇水，打药。这是凡生在十几年前，对我说的。他坐在我的院子里，看柚子花开得白艳，幽香扑鼻。他问我：“你说，世间什么东西最好呢？”我一下子哑口无言。世间好的东西太多了，空气、阳光、水是好的，钱权是好的，美色也是好的。哪有最好的东西呢？ 最坏的东西是有的，比如灭绝人性，比如恩将仇报。最坏的东西，都与恶毒的人心有关。 最好的东西是什么呢？

“土长了我们的吃食。没有吃食，人会死掉。土从不叫人归还什么，土只负责生长，长花长草，满世界的葱绿。”凡生说。

凡生现在每天从我家门前走过。他穿一双棉布拖鞋，露出花斑皮癣的脚踝。我会想起他以前，甩着竹梢，吁嘘嘘吁嘘嘘，赶着牛踩窑泥。他油亮的胸膛，绷得像一张羊皮鼓。他养过三只山噪鹛。山噪鹛死了，他又养，养了又死。山噪鹛快活地叫，飞飞跳跳。后来他没养了，不知道为什么。山噪鹛死一只，他伤心一次。

水仙出葬的时候，我母亲走了五里路，去了马车。我母亲念金兰的好。在物资短缺的年代，金兰帮了我母亲太多太多。念一次，我母亲难过一次，烂陀留下的两句话，扎着她的心。烂陀师傅已有十来年没来过枫林了。公路上车太多，他走不了。其实，烂陀留下的两句话，我也会解，但我不会说出来。

大地是时间最宽敞的河床，所有的迁徙和别离，所有的驻守和重逢，都在这里发生。而土，始终以父之名，塑造了万物之形，哺育每一个肉身。

宗谱的荒野

有一天，我二姑父带了一个陌生人来。二姑父他岳丈说：“你不是一直在找谱头（谱头即记载先祖家族的宗谱）吗？谱头就是水的源头。这个白春先生，能帮我们找到谱头。”

白春先生穿一件斜襟的灰蓝色短褂，头发半白，眉毛须白，戴一副圆片老花眼镜。他的背有点驼，醺红的脸上始终露出善意诚挚的微笑。我公看着白春，说：“找到谱头当然好啊，我们傅家一直没有谱，几代人没有纸落根，没落根的人，烂树叶一样，风一吹，刮走了。”白春说：“宗谱就是纸上的家庙，没有家庙，世代飘零。”我公亮开大嗓门，对着厨房叫：“兰花，兰花，中午多烧几个菜，看看缸里还有没有咸肉，多放一些辣椒，辣椒要辣。”“咸肉切好了，辣椒油浸的猪肝炖在锅里。”我妈在厨房里应答。笃笃笃，白刀在案板上切得特别响，也不知道她在切什么。

“你说说你先祖是从哪里来的，我就能找到谱头。百家姓的宗谱，我都翻烂了。我在家里翻不到你谱头，我去一趟你先祖出生的地方，准可以找到谱头。谱头相当于码头，有河就有码头，人都是从码头上岸下河的。”白春先生说普通话，普通话里夹杂着浙江江山一带的口音。

“先祖学成公，来枫林，传下十三代，是从义乌花西门来的。”我公用大拇指扣紧酒碗，鼓动着腮帮，把嘴巴里的酒一口吞下去，看着他的二女婿，又看看白春先生说。

吃完了饭，我公同意挑三担谷子给白春先生作为报酬。我爸从香菇厂回来，见我公正在从谷仓里畚谷子，问，畚这么多谷子干什么？ 我公说，老先生能找到谱头，出三担谷子也是应该的。

“烂泥撑，烂泥撑。”我爸喊了两声，喊他妹夫。

二姑父进了内屋。“这个白春先生，你怎么认识的。”我爸问。

“是我车边村妹夫介绍来的。我也不认识。听妹夫说，白春帮车边人找到了谱头。”二姑夫一手摸了摸脸，打了个哈欠。他有午睡的习惯。他吊着眼皮又说：“三担谷子，是不是多了。”

“找到了，给三担谷子也可以，可还没找，就给。万一让别人骗了，摸石头打天。三担谷子，可是一家人两个月的粮食。本来今年粮食还短缺，又去了三担，粜这么多粮，哪来那么多钱。”我爸说出了心里的担忧。

“你哪种过谷子？ 谷子都是我种的。花三担谷，买个谱头。你吱呀经（饶北河上游一带方言，吱呀经即歪经，瞎找理由）真多。我快八十岁了，又不是为了顾自己，我们需要有个纸上落脚的地方。”我公说。

“这样吧，我问问白春先生，先给一担谷，谱头送来了，我再给两担。”我爸问他妹夫。

“可以。这个也合情。和买东西一样，没看到东西，哪有付全额钱的，大不了给个订金，表示个意思。”

没想到，白春先生是个爽快人，满口答应了，说：“我谱头送来的时候，你得买两只猪耳朵给我下酒，世上只有猪耳朵下酒好。”

“一餐两只猪耳朵，你来吃十餐。你吃猪耳朵，我吃辣椒。酒缸满的，别担心酒。”我公爽朗地笑了，露出空瘪的牙床。他站起来，抱住白春先生的肩膀，说：“你找到谱头，就是我恩人。你知道吧，恩人就是坐在一起喝三天三夜不下桌的人。”

三个男人送一个男人，有说有笑，一直送出巷子，送他到马路边，陪他等车。他上了车，三个男人还在挥手。二姑父边挥手边喊话：“下次来，多住几日哈，春闲的时候来最好，腊肉腊鱼都有呢。”

在二十世纪八十年代中后期，赣东北乡村修缮宗谱的风气很兴盛。常有修谱找谱头的人来到村里，混吃骗钱。后来有过几次被人介绍来找谱头的人，我公都说，我谱头不用找了，白春先生过阵子会送来，一担谷子，他都收去了，谷子还是我烂泥撑挑上车的。

等了几年，白春先生也没来。我爸不心疼谷子，心疼那担挑走谷子的箩筐。我爸说，那担箩筐是水经师傅编的，篾丝细圆，筐底结实，筐圈编了两圈青篾，到哪里去找这样的箩筐啊，水经师傅在地下晓得我箩筐被人骗走了，他会用竹篾打我脊梁骨的。

傅氏第一代先祖是义乌人，二十多岁，因看田水与人争斗，失手杀人。他挑着打铜修锁的筐篓，一路往北往西逃，逃到龙游，遇上同为杀人外逃的梅氏，结拜为兄弟。他们继续西逃，翻山越岭，到了郑家坊，见方圆十里田畈平坦开阔，饶北河川流不息，遂在山边筑舍开荒，安居了下来。与我父亲同代的梅氏，人丁几十。梅氏有大喜事，摆酒席几十桌，人声喧闹，很是让我公羡慕。“人丁兴盛多好啊，不受人欺负，土生啊，你得多生儿子。没有儿子，再多的家产都是别人的。”我公对我父亲说。傅氏人丁太单薄。在枫林，自先祖至我父亲这一代，传了十三代，均是单丁下传，多生育下来的男丁，便会夭折一个，即使成年了，也不会开枝散叶，要么突然暴毙，要么死于其他意外。这是傅氏的魔咒，概不例外。

家里曾藏有宗谱。我在七八岁的时候见过。有一次，我和几个表兄弟捉迷藏。我爬上阁楼，翻开我公的空棺材（为了阴干水分，郑家坊人有为自己早早预备棺材的习俗），躲了进去。棺材里放着四卷本《傅氏宗谱》。纸页已完全发黄，如晒干的烟叶。我拿起宗谱，碎纸屑落下来。我跟我爸说，棺材里有宗谱。父亲捂着我的嘴巴说，千万不能说家里有宗谱。

宗谱是蓝黑色的封面，右上角有一个竖框，白底黑字。虫已经蛀烂了纸张，但字迹依然清晰。可后来，我再也没见过《傅氏宗谱》。估计是被我爸偷偷发了灶膛火，烧了。

“你们太老泡了（饶北河上游一带方言，老泡即不稳妥，轻易相信人），找谱头这样的事，也不问问我。你看看，我徐家修谱，十二卷，都是我主持经办，一个字的差错都不会有。”三姑父得知岳丈被骗了一担谷，有些责怪我爸和二姑父。也有这样的意思：傅家这么重大的事，也不叫上我，如果叫上我，也就不会有钱粮损失了。三姑父是个小学教员，对三件事无比热心：做媒，看风水，修宗谱。他对他岳丈无比尊重。岳丈随叫他随到，还特意弯到郑家坊，多走四里路，切一斤猪肉带来。他走路快，腰背笔挺，在巷子口就大声叫：丈尼，丈尼。我公从大门里探出半个身子，晃了晃手里的白酒瓶，说，我就知道你今天来。我公侧过身，对我说，毛毛头，去叫你二姑父来吃饭。我打赤脚，一路小跑，跑到土地庙，站在老柚子树下，叫：“姑丈，公叫你吃饭了。”二姑父从门槛下拿出一双解放鞋，在门槛上噼啪拍打几下，翻开鞋帮，朝下抖抖，落了一地的泥尘。二姑父把解放鞋穿上脚，说，我就来哈。他的脸像一朵泥塑的花，一下子盛开了。

“瑞启，你有机会去浙江，一定要去义乌，找找花西大门街傅家，看看有没有宗谱。”我公对他三女婿说。这句话，他说了十几年。可义乌离枫林太远，哪有机会去呢？ 待我二哥成年了，去义乌做石匠，公特意交代他：你去花西大门一带问问，有没有傅氏宗祠，我们的先祖，来自花西大门，你找到宗祠，记得带一本宗谱回来。那个时候，我公双腿因为被湿气严重侵蚀，再也无法挪动。公又说，我三十来岁去浙江挑海盐，去了三次，三次都路过义乌，都没找到傅氏宗祠。

在义乌做了一年石匠的二哥，无论在哪个东家做事，都会询问，花西门傅家去了哪里？但没人知道。他晚上骑自行车在义乌城穿来穿去，寻找念念不忘的花西门。他还问过几个百岁老人，他们都说听说过这个地方，至于在哪里，不知道了。一个两百年前的山村小镇，成了如今的国际小商品城，巴掌大的花西门怎么可能存在呢？二〇一五年，我去浙江磐安，在义乌郊区看到“傅家村”的路牌，心里有些激动。傅氏源于山西傅岩，以广东、浙江两支为主要繁衍族群。浙江、江西、福建等地傅氏，大多以义乌傅氏为血脉源头。姓氏，是溯源的一种方式，也是个体在时间纵向坐标上的一种确认方式。“傅家村”是离我先祖出生地最近的一个地方了。

每年正月初二，是村里的余氏、梅氏、全氏、周氏、李氏等族姓拜谱的日子。谱摆在八仙桌上，族里的男丁烧香作揖，对着族谱跪着拜三拜。先祖的画像挂在厅堂的正面墙壁上。我看过余氏先祖的挂像：先祖侧身坐在太师椅上，穿着绸袍，戴着四角方帽，帽饰像两个环颈雉的尾羽，在左右耳两边伸出来。据说，这幅画像是明代传下来的。这一天，我公特别失落。他听到短暂的炮仗声，噼啪噼啪炸几下，说：“是李家拜谱了吧。”

“我们有家谱拜拜就好了。”我公又说。他爬上阁楼，把一担筐篓取到厅堂，给我们看。“这是我们先祖从义乌挑来的，是先祖唯一留下来的东西。”公说。筐篓已完全发黑，近似于炭化。两根棕绳也是乌黑黑的。筐篓已无法提起来，移动的时候，只得用手托举筐底。这是傅家的血脉图腾。

一九九四年正月，三姑父来拜年。我公郑重其事地说：“瑞启，宗谱的事，不能再等下去了，我们找不到谱头，自己开个宗，建一个自己的谱头吧。”头年秋，他痛失老伴，不想再等了。三姑父应允了下来。

趁春雨尚未来临，三姑父穿着高筒雨靴，腰上扎一把弯头的大柴刀，背一个军绿的帆布包（书包里有纸笔和水壶、干粮），撑一把雨伞，在郑坊盆地寻找傅氏一代代先祖留存的坟墓。墓碑上刻着先祖们留给后人的简短信息，有他们的名字和生辰八字及死亡日期，有他们配偶、子女及子女配偶的名字和生辰八字。那是他们的生命密码。他们的一生，都在这简短的几行字里。

一代代先祖的墓，三姑父曾经去过。他再一次去察看先祖们的墓碑，用柴刀割去墓上的荒草，砍去杂乱的灌木。他像寻找一扇扇没有门牌号码的门。那些门，关闭已久，甚至不可考。门里的人已不知去向多年。谁也不知道门里的人去了哪里，他们抛下冰冷的卧房和庭院，以至于荒草一年又一年覆盖了。三姑父剥下墓碑上的青苔和污泥，逐字辨认。嵌在青石里的象形文字，如同天空里星宿散发出的弯曲光线。每一个字，似乎隐藏着雷霆风暴，激烈呼啸；似乎夹带着响亮的脚步声，那是蹚水的脚步声，回响在雨夜巷子的脚步声，来回在厅堂与厢房之间的脚步声；似乎荡起了孩子的哭闹声和妈妈哄孩子的哦哦哦声，水噗噗烧开的声音，铁锤凿岩石的当啷当啷声，牛呜啊呜啊的叫声；似乎有柴烟从矮矮小小的烟囱跑出来，黄豆在土里悄无声息地发芽。

门再也敲不开。每一扇门连门缝也露不出来。死门。三姑父逐一记录。但大多数的先人坟墓，连个墓碑也没有，只有一堆黄泥或一堆乱石，坟体下塌。荒草比人还高。割不完的荒草。清明上坟都要割一次的荒草，来年同样长。散落在盆地四周山冈的先祖之墓如死在乱草中的鸟。三个月后，三姑父来到枫林，从帆布包里掏出他自己修订的《枫林傅氏家谱》，给他岳丈。这个略显矮小、身子日渐干瘪的老人，摸着《枫林傅氏家谱》，说："怎么两页纸就记完了呢？是不是遗漏了。"老人说起了散落的坟茔：洲村的矮山冈上有三个，曹家如松屋角有一个，烂塘路口有一个，坪上有两个，石壁底有两个，周家五公屋角有一个，田畈中央还有一个，还有……"

"还有吴家屋后一个，里篷坞一个。丈母的坟，在上舟背，我就没去了，去年才葬的。"三姑父补充说，"你点到的这几个，我都去了。"

"傅家的人丁，怎么这样少呢？"我公像是发问，又像自言自语。他又翻开了《枫林傅氏宗谱》，说：“不知道要到哪年，这个簿才会密密麻麻地写满了名字。”

“十三代下来，留下了坟的很少。即使留下了坟，没有墓碑，也就没了姓名。信息不准确，没办法写在簿子上。”三姑父说。

“那么多的先人，活在世上，如同没有活过一样，连个名字也没留下。连个声名都没留的人，怎么算活过呢？”我公已经八十五岁了，他坐在阴黑的厢房里，初夏的风吹进半掩的窗户。

“上几代的人，生活条件差，医疗条件差，生养孩子困难，人丁不盛，也是正常的。”三姑父宽慰他岳丈。

“也不全是这样。长毛（注：太平天国的军队）来的时候，听我爸讲，村里被长毛杀了两百多人。一九二七年，郑家坊一带发生痢疾，村里又死了一百多人。一九三八年开始，国民党来村里捉壮丁，陆陆续续捉走了二十多个男丁。你说说，一个小村子哪有那么多人平白无故就死了呢？ 痢疾流行，死了的人，跟大溪里闹（郑坊方言，“闹”作“毒”）鱼一样，你看着一个个人，在眼前活生生死去，连埋人的地方都没有，只有上山烧。”

“真是多灾多难。”

“人没有了，一切便都没了。有人，总有一天，会有一切。人是一切事业的本钱。没有人，一切都是空谈。有了人，我们好好教育，失去的一切，又会回来。人是一切的希望。傅家人丁不旺，枫林又有哪个族姓人丁旺呢？ 这不是一房姓的问题，也不是一个村子的问题，而是我们历代的先人注定要死去很多人，才保得一脉人下来。李家四兄弟，留了一支人下来。全家旺了二百多年，余下四支人。周家也没留几个人。梅家也只留了三脉人。”

在我十来岁时，我公便对我说，你长大了，要么去当医生，要么去当老师。他又说，当医生好啊，村里只有一个赤脚医生，看看感冒、皮肤发炎还可以，其他病都看不了，大家很需要好医生，救人一命，便救了一家人。

一九三二年的瘟疫大流行，我公跟我讲过很多次。但我在《上饶县志》里没有查到过相关信息。二〇〇八年，我在村里收集“枫林村百年大事纪”资料时，走访了很多老人，其中一个出生于一九一五年的方姓老人，对当年的事情，记得非常清晰。老人戴一顶毛线帽，抱一个火熄坐在门前晒太阳，吸着纸烟。他从屋里拿出一件白色斜襟圆领的睡褂，对我说，这是我娘留下的唯一的衣服，我存着做个念想。睡褂是麻布织的，有些泛黄。在同一年，老人失去双亲。他仍记得，在三岔路口的石板路上（死人出殡前，棺材搁在这里），每天都搁了棺材，最多时，搁了五副。过了几天，棺材铺里棺材卖空了。人们便用草席把死人卷起来，用木楼梯抬死人。村里有一个茶叶商，去铅山河口卖谷雨茶，十来天后回来，一家五口只留下了一个女儿。有孤寡的人，死在家里，被人发现时，身子已被野狗啃食大半。方姓老人当年还是个刚抽苗的青年，去了德兴绕二的舅舅家砍木头，才留了一命。痢疾在郑家坊一带，肆虐了三个多月，才停了下来。方姓老人说起这场瘟疫，脸忍不住地抽搐。我公的前妻郑奀菊也在这次瘟疫中死去。她还没落气，眼睛还会动，还能轻微说话，我公用竹椅子把她抬到废弃的石灰窑坑边，守了一天半，看着她死去。我三岁的大姑坐在石灰窑顶上，看着四只野狗，在她妈妈四周游荡，不时兴奋地狂吠，昂昂昂。方姓老人怔怔地看着说："整个村子都空了，大家都逃到金畚斗（金畚斗属地名，是后山一个有平地的山腰）搭茅草棚住了，谁也不敢下山。后面得了痢疾的人，也不留在家里死，自己爬上河滩柴堆，自己点火烧自己。我们中篷有一间大屋，大屋有五个异姓兄弟，都是练武出身的，好打抱不平，被称为'中篷五虎'，李虎、周虎、杨虎，也死在这场瘟疫中。五虎死了三虎，元气大伤，后来中篷人在田畈里的田产，被洲村人抢去了一百多亩。那个世道，强吃弱，凭刀枪说话。你别看中篷是异姓人杂居在一起，但特别团结。不是那场瘟疫，中篷会出人物。"

"瑞启啊，我们写家谱，要增加一项。"我公把家谱前前后后翻了几遍，说，"家谱仅仅记载生辰八字，太简单了。每个不在世的人，你要注明一下死因。这个很重要。生病死的，记一下发病原因，得了什么病。意外死亡的，注明一下死亡经过。夭折的孩子也记上，为什么夭折。"

"这不单单是家谱了，还有家族志书的价值。"三姑父说。他用手捂着茶杯，说："岳丈，很多事你考虑得比我们周全。"

我公很器重他这个三女婿。三姑出嫁时，我大哥已九岁了。傅家没宗谱，也就没有字辈，一代一代的人，取名字，也都是随意取。我公说，没字辈不行，从孙辈开始，得排一个字辈，以“旭”字为起始，下面怎么排，以后再想想。瑞启成了傅家女婿之后，取字辈的重任便交给他了。三姑父说，按旭、日、东、升排，升字辈下面怎么排，以后大家一起议议。我公说，这个字辈排得好，旭日东升有气势，一个人一个家一个国，都要有这样的气势。他看看他儿子，问，你觉得怎么样？ 他儿子说，每一个字，都表达出兴盛蓬勃的意思，这个排法相当好。

傅家有人出生，名字都由三姑父取。葬坟、屋子朝向、婚嫁择日等事，也都由三姑父定夺。每遇上这样的事，三姑父便早早来到傅家，喝酒吃茶，和我公商议。二〇一四年，我在乡间建房子时，特意给三姑父打了电话。我说，请姑父定个日子，下个地基。吉日那天，三姑父从县城坐上早班车，背一个黄色棉布袋，戴一副老花眼镜，来到枫林。我说，姑父这么劳心，我很感动。他手托罗盘在宅基地上，这里转转，那里转转，给大门和中轴定方位。他嘴皮夹着烟，说，我不单单是帮你，我是为傅家尽力。他很认真地定桩、拉线。他的头发已斑白了，脸瘦削了很多。我一下子想到了我公。一个故去了近二十年的老人，瞬间在我心里复活。

傅家每有孩子出生，三姑父便来到傅家，在《枫林傅氏家谱》续上孩子的生辰八字。三姑父用细毛笔，以行楷字，一笔一画，写得极其认真。他还要在旧报纸上先打个草稿，我爸念一个字，他在家谱上誊写一个。誊写完了，他拍拍手，来来回回看一遍家谱。他说，又多了一个名字。三姑父带着家谱，带上一瓶酒，去我公的坟上，站半个时辰。他告诉他岳丈：国家安泰，家里安庆，又添一丁。

去年正月，我弟弟又对家谱的事热心起来，说，毛笔写的家谱不正规，品相太一般了，找个印刷厂印一下。我爸说，就三页纸怎么印，印出来了，也装订不了，哪像个家谱，还不如毛笔写的。在枫林，正月一般谈三件事：过了元宵去哪里打工；给成年孩子相亲；修家谱。我问我爸，我小时候看过的那本宗谱，你是不是还保存着，家谱可以附在宗谱后面。

“那本宗谱不正宗，早烧了。”我爸说。

“宗谱怎么会不正宗呢？ 宗谱是一代一代传下来的。”我有些吃惊。

“宗谱是玉山临湖镇筲溪傅家的，和我们不同宗。你公认这个宗谱，是想找个家族依靠。可筲溪傅家的族长，是个大骗子，把自己也骗死了。”我爸说。他坐在檐阶上，靠着椅子，抽着烟，很认真地对我说：“你记得哈，钱是个好东西，但钱多了，绝不是个好东西。人最大的祸，就是钱多了。霉豆腐是不是好吃，每双筷子下去戳它，一人一筷子，霉豆腐被戳烂了，吃没了。钱就是霉豆腐。没钱的时候，钱是钱。有钱了，人会膨胀，膨胀了，钱就生恶。”

一九四一年春，有人放出消息，驻扎在铅山永平的白军（乡人称国民党军队为白军），要打到郑家坊来。兵荒马乱的，一个孤姓单丁人家，哪敢有家藏。我公把半担多白银（积了几代人）挑到筲溪傅家，请族长代为保管。长达百余里的饶北河流域，只有笥溪有傅氏本家。半年之后，我公去笥溪取银元，族长说，白银被白军抢走了，白银是没有了，你带一本宗谱回去吧，让你认个宗门。我公想，白银要不回来，认个宗门也好。一九五三年，我爸去笥溪卖石灰，听说族长和他两个儿子被枪毙了，只留下他老婆和一个瘸腿儿子。枪毙的原因是族长在七八年前，因为有钱，买了几十亩田进来，讹诈佃户。新政府哪容得下祸害老百姓的人呢？

说起这个事，我爸哈哈大笑。他孩子一样，笑得眼泪直射。他说，笑死人了，笑死人了，太笑死人了。我莫名其妙地看着他欠着腰笑。我爸说，在一九八八年，他特意去笥溪，带了桂圆、荔枝、红枣等干果，看望风烛残年的族长老婆。老人还记得枫林傅家，她对我爸说，傅家人怎么这样情深呢？我爸说，感谢笥溪傅家，没有你们一家，枫林傅家不会有男丁留下来。

正规的《枫林傅氏家谱》一直修不起来。我爸也不上心。我爸说，以前社会不太平，时代动荡，家谱是团结家族的精神纽带，做什么事，有个帮防，现在国家安定了，有法律约束人，法律管所有人，孤姓人家也不会挨欺，再说了，以后你们的孩子在哪里生活都不知道，万一去了国外定居，他们还会每年正月回来拜家谱？

河　漫　漫

“把我推到河滩去，我想看看河。”常苦抬起干瘪的手，轻轻地挥了挥，对我说，“河水是看不厌的东西，和天上的白云一样。”

“河边风大，裹一条四方被盖身上吧。”我从木柜里，找了一条淡黄色的四方被，抖了抖，严实地包着他。他蜷缩在轮椅上，像一只冻僵的癞蛤蟆，瘦瘦软软。他的手像一根空空的皮管。我把他的手掖进四方被里，说：“我们看过的东西都会藏在眼里，可河水藏不了眼里，看了，也忘了。河水白花花地流啊流，我们看到的河水，都不是上一次看到的河水。”

“再过两天，便春分了，河水又要涨上来了。”看看我，他微微笑了一下，说，“涨上来的河水，也是河水。”他光光的老人头露出毛茬，白白的。他的脸门有麻黑的斑点，豆豉大，一粒粒。

从庙门下一个斜坡，转过一片桂竹林和半月形池塘，再过一块油麻地，便到了河滩。庙叫阿兰寺，在山边。寺庙不大，从破旧的庙门进去，是一个有水井的四方院，院子两边是偏房，院后是不大的庙殿，庙殿后是伙房和六间僧房。寺里有三个僧人。在庙里做帮工的，倒有五六个人。帮工大多是六七十岁的老人，有的住在庙里，有的傍晚回家。常苦是寺里的帮工，住在庙里。我推着轮椅往坡下走，河对岸的田畴，扇子一样打开——收割后的秋田冷涩肃然，枯黄色的野草却令人温暖，坡地上的芒草摇着孤怜的花。

来山庙做帮工之前，常苦不叫常苦，叫李堂东。在我读小学期间，他曾做过几年临时代课老师。他能写一手漂亮的行书，会识谱唱歌，善拉二胡。他教过我两年音乐课。他教我们唱《军港之夜》《南泥湾》《茉莉花》。学校是一栋老式祠堂。在天井，他还给我们排练过话剧《半夜鸡叫》。表演的同学从家里提鸡笼来，穿上翻出棉絮的破棉袄，腰上绑着草绳，戴上羊角帽，脸上抹上锅底灰，演《半夜鸡叫》。李堂东老师穿青绿色的高领毛衣，围一条棕黄色的围巾，站在天井边，手上拿着脚本，看着学生表演。脸上抹了锅底灰的“地主周扒皮”上台，我们哄一下，笑翻了。下了课，我们扒开“周扒皮”的衣服，在他身上抹锅底灰，抹得像个炭人。

孩子们喜爱李堂东老师。他高中毕业，没考上艺校，当了小学代课老师。他每天早晨站在河滩练声乐，咪咪咪，嘛嘛嘛。听到他练声了，我父亲就催我起床：“李老师都唱歌了，你还赖在床上？”

村里有一个邮电代办所，在村街的老十字路口。与其说是代办所，不如说是个村收发室。收信收报纸，送给收件人。寄信的人倒很少，一年也寄不出十几封。代办员叫金枝，扎两条麻花辫，皮肤白，长脸，一双眯眯眼。这里成了姑娘闲谈的地方。姑娘谈收音机里听到的故事，谈电影，谈自己私下喜欢的男孩子。有一个姑娘，爱时髦，很喜欢电影里的卷发，她用铁丝煨火炉，给自己烫头发，铁丝太热，扑哧哧，头发烧了起来，惹出笑话。

爱跳舞的姑娘去小学，找李堂东老师教她跳舞。

村里会跳舞的人，只有李堂东。去学跳舞的姑娘，倒有五六个。金枝也去。在祠堂的厅堂，李堂东老师教她们跳舞。跳了半年多，李堂东不去了。他说：“复考了一次艺校，都没考上，练声不能耽搁了。”他晚上也去河滩练声。

过了几个月，有人发现，每天晚饭后，金枝沿上街散步，到白山底，弯向水坝，又沿河堤下来，去了河滩。一个迂回，有四里多路，散步也不应该往河堤走。河堤长了很多荆棘、芭茅，虫蛇也非常多。饶北河边的夜晚来得早，雾气迷蒙，薄薄的夜幕如黑纱，罩住了原野。一个在河里撒网打鱼的人，有一次，意外地碰见了李堂东和金枝，俩人在一棵柳树下的石板上，紧紧地抱在一起。

河滩有一片沙地，春种西瓜，秋种荞麦。滩边有几株高大的杨柳树和一株老洋槐。滩头有一节慢慢深下去的锅状河床。这里是村里人游泳的地方。河滩干净，草皮葱茏。

没过半年，金枝不去散步了。供销社解散了，金枝去了扎花店学扎布花。做学徒，事多，晚上大部分时间给师傅做家务。师傅三十多岁，手艺好，嘴甜，好客。扎花店有七八个女徒弟，个个含苞待放，店里天天坐满了男青年，有刚参加工作的老师，有来村里送报纸的邮递员，大部分是游手好闲的人。

山里有一个小村庄，十几户人家，叫叶家村。叶家村多山，多木头。家家户户砍杉木卖。杉木砍下来，搁在村前的公路边，用石灰标号，过路的大卡车师傅，要买杉木，记着标号，给叶家村人谈价格。一根二十公分粗的杉木，也就五块八块。杉木带到上饶市，转手卖给木料场二十块，带个几根，可以赚几十块钱。叶家村有一个叫两张皮的人，清瘦，高大，好谈白（上饶方言，指聊天、闲谈等），好小酒，可惜得了黄种病（早期血吸虫病），砍不了木头，便做了贩卖木头的生意。他把叶家村的木头收上来，拉到郑坊，一车木头可以赚好几十块。两张皮在枫林有一个姑姑，他也常来看姑姑，带两斤肉一斤白糖。 他喜欢来扎花店谈白。他谈白，幽默。他坐半天，扎花店热闹半天。扎花师傅也是个爱起哄的人，热闹了，便哄两张皮："拉棒冰的人来了，两张皮是叶家村的大钱袋，要不要叫他请客啊？"

"那还用讲，请棒冰又不是请吃猪脚，来来来，一人一根。"两张皮从棒冰箱里抄一把，一人一根，见者有份。

卖包子的人来，他又抄一把，一人一个。扎花店门口，有一个土陶场，有五六个陶工，他也发过去，说：“吃个包子垫垫肚。”

回叶家村的客车，只有一趟：下午两点半从上饶出发，至德兴，途经叶家村。客车到枫林，是下午五点左右。太阳快下山，两张皮抖抖腕上的手表，说：“快五点了，我去路边等车。”

姑娘学徒，八个月出师。金枝学了六个月，不学了，跟两张皮跑了。两张皮有老婆，还带有两个孩子。金枝的父亲是石灰厂的押货员，叫米叔，矮矮瘦瘦，小圆头，看起来像个冰糖葫芦。米叔把金枝绑在厅堂圆柱上打，说：“你跟一个木贩子跑，跟一个有家室的木贩子跑，你叫我这张老脸往哪里摆？两张皮是什么人？一个跑江湖的，你跟她跑，一辈子有得穷，穷得掉药渣。”

常去叶家村砍柴卖的财叔对米叔说：“两张皮只顾自己一张嘴巴，他两个孩子穿单裤过冬，房子矮矮的，两片瓦房还是茅草压顶的，金枝去了叶家村，哪年熬出头，都不知道。”

打了两次，米叔不打了，把金枝放下来。金枝捡起包裹，坐班车去叶家村。她脸上、手臂上，都是棕绳鞭打的血痕。

村里传了很多闲话：“金枝真是傻，放着堂东这样的后生都不要，去做别家的小老婆。”也有人替堂东抱委屈：“金枝宁愿去山里，也不要堂东，这样的女人是个烂红薯。”打石煤的阔嘴找到堂东，说：“金枝就是一个醒蛋，外表看起来妥妥圆圆光光亮亮，里面是腐臭的。你不嫌弃，我女儿桂兰嫁给你，聘礼一分钱也不要，陪嫁也体体面面。”

村子说大也不大，说小也不小，一千八百来人口，金枝跟两张皮跑的事，没两天，全村的人都知道了。李堂东倒像做了亏心事似的，看到人脸红，低着头走路。学校里的老师关心他：“你这样的好后生，村里哪个姑娘不想嫁你呀。”

“我哪有心思找姑娘啊，考艺校，八字没一撇，想不了其他的事。”李堂东说。他没上课了，待在家里读书或拉二胡。他的家在渡口边上，是一栋黄泥土瓦的三间屋。坐在他院子里，可以看见汤汤的饶北河翻着白沫。

渡口，是一个日渐荒凉的地方。高高的洋槐树上，挂着五六个鸟窝。这里却是我们玩乐得入迷之处。我们站在高高的石埠上，跳到深潭里戏水。裸着甘蔗一样发壮的身子，从水里冒上来，河水从头上哗哗哗，往身上湍泻，形成无数的细流，翻白的水珠溅满了周身水面。我们一串串地爬上石埠，一个接一个地跳下，炸出旋涡状的水花。我们爬上洋槐树，往深潭跳，乐此不疲。李堂东带着我们跳。跳之前，他高唱：“万里长城永不倒，千里黄河水滔滔。”他穿木板做的拖鞋，吧嗒吧嗒，走路格外响。

“你的拖鞋，怎么是木板的啊？”我们问。

“不叫拖鞋，叫木屐。”他说，“以后你们长大了，就知道了。”

木屐是他自己做的。他会做很多好玩的东西。他会做箫，会用蛇皮做二胡，用玻璃和毛竹筒做望远镜，用旧相机做皮影戏。我们最喜欢的，是他自己做的电话。我们洗了澡，去他家玩。他有一个铝片筒，挂在墙上。也不知道他从哪里找来的旧电话机，村里共有两部电话，一部在村里，一部在学校。只要村里有电话响了，他都知道。他的旧电话机会发出嘟嘟嘟的铃声。他把铝筒贴在耳朵上，能听到电话里的说话声。他接电话的时候，不让我们发出声音。有时他也让我们听。我们屏住呼吸，睁着圆眼，缩着身子，像个随时会被抓住的小特务。他只能听电话，不能打电话。铝筒里，真是个神秘世界。有一次，我竟然听到了我父亲在电话里跟人吵架。我父亲的声音特别大，拍着桌子，骂打电话的人。这让我很惊讶。我父亲是个温和的人，从不和人脸红，即使喝醉了酒，他也不发火，一个人溜上床睡觉。我第一次觉得，父亲有很多地方是我完全陌生的。我回头给我母亲说了父亲骂人的事，我母亲惊讶地说："这不可能，你爸从来不骂人，发脾气的人不会是你爸。"

金枝在叶家村生活了一年多，两张皮被判刑三年。被判刑不是因为他贩木头，而是重婚。金枝学了四个月的裁缝，怀上了两张皮的孩子。两张皮的老婆，把金枝赶出了屋子。金枝没了去处，也不回娘家，在两张皮屋后的山坳地，盖了茅棚住。米叔去看女儿，见女儿抱着孩子，在茅棚里喂奶，头发蓬乱，裹着蜘蛛网，茅棚里淌着泥浆，眼泪一下子流出来，仰天大叫："天啊，我遭了什么孽，生个女儿，活得像个畜生。"

米叔找到我父亲，说："哥郎，金枝活得不成人样了，我怎么受得了，劝她回枫林，她死活也不回来，她认命了，你

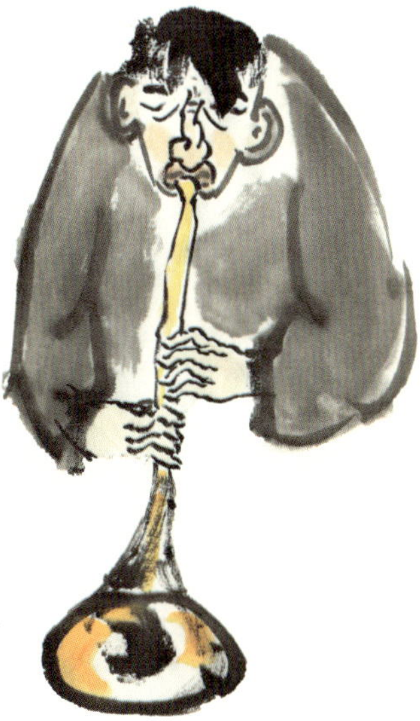

把她安排到林场去烧饭吧，给一个活处。”

“林场凄清，人不多，金枝愿意，就去吧。”我父亲说。

林场离叶家村不远，春季种树、秋季打青山（伐木）时，林场才有比较多的人，平时只有两个护林员看守。每年秋季，村里的二十几个青壮年去林场伐木，背着棉絮，穿上解放鞋，很是热闹。年轻人一年一年轮着去。唯一没打过青山的人，是李堂东。

不是因为他是代课老师，而是没人和他搭手。伐木是两个人协作的重体力活，一般人干不了。村里点名单，第一个画掉的名字是“李堂东”。村书记嘴唇抿着毛笔，一个个叉名字。

有人有意见了，说：“堂东凭什么不去打青山？”

“他是个书生，穿白衬衫拉胡琴可以，去打青山，包裹都背不了。你要他去，可以，叫他和你搭手，你愿不愿意？”村书记说。

考了两次，李堂东都没考上艺校。

有一次，上饶地区公安处来了四个人，把李堂东带走，没人知道原因。村书记去乡里问，也不知道原因。李堂东的父亲慌乱了，说：“天上掉下个火球，落在家里了。”一家人坐在家里哭。

过了一个星期，李堂东又回来了。是小学方校长去接回来的。

方校长灰头灰脸地回到村里。“活见鬼，在公安处被连带审讯了半天，还签字画押，当担保人。”方校长五十多岁，轻轻瘦瘦，头发花白，两个尖尖的门牙露出来，说：“这样贪玩的人，少有。”

谁都知道李堂东贪玩，玩新奇的东西。他把自行车三角架上的铁管锯下来，做土枪。他把弹棉花的钢丝解下来，套在牛皮里做裤腰带。他把鞭炮里的硝刷出来，和铁屑一起，装在酒瓶里，扔进水库炸鱼。李堂东喜欢听收音机，常收听境外广播。境外广播有些节目会留下通联地址。李堂东有一次突发奇想，寄一封信去，会不会寄达呢？他不知道写什么，也不敢乱写，又想捉弄收信人，便什么也没写，把白纸塞进了信封。信封有收信人地址，没留寄件人地址。信寄出了，便忘记了这件事。

过了半年，他去邮电所寄信。信是写给他高中班主任的。

寄出信的第二天，他被公安处的人带走了。李堂东寄出的第一张白纸，并没有寄出境外，而是被有关部门截获了。原来，收件人地址是一个敌特通联处。

这封信，是谁寄的？写什么？用什么书写技术书写的？有关部门作了很多技术鉴定，也没个答案。公安处派出技侦人员，化妆成邮电职工，在乡邮电所上班，接待寄信人，从信封上的笔迹，查寄信人。

人是回来了，可代课老师的资格，被取消了。方校长说：“这样的菩萨，我哪敢供啊，供不好，供出个妖怪。”

过了一个月，李堂东又被公安处的人带走了。公安处深查了案子，发现李堂东隐秘地接电话线，窃听村里的电话。

窃听的时间，长达四年。

窃听政府电话是重罪。李堂东被判刑六年，关押在珠湖劳改农场。珠湖在鄱阳湖边上，天远地远，便也没有了他的消息。

我参加工作的第四年，即一九九三年的秋天，祖母故去，我奔丧回家。出殡的时候，我见一个五十来岁的人，穿着灰白劳动布衣裳，头发一半麻白，在低着头吹唢呐。红白喜事的乐队是村里的，这些吹吹打打的人，我都十分熟悉。这个人，我不认识呢，但很眼熟。我问妹妹，这吹唢呐的人是谁啊。妹妹说，是渡口边的李堂东。

“哪会这么老呢？他才年长我十几岁，四十岁还差好几年呢。他什么时候回村里的？”

“回来有半年多了。”妹妹说。

这样，他又成了村里的人。他本来就是村里的人。他是消失了几年又回到村里的人。他又成了我熟悉的人。他又成了我另一个熟悉的人：鼓着腮帮，爆出太阳穴的青筋，手上夹着纸烟，低着头晃着双腿，吹着唢呐；他赤着上身，露出厚厚肥肥的裤腰边，光着脚，挑一担滴水的秧苗，往田里赶；他在河埠头，用棕布擦洗锄头，擦得又白又亮，灰灰麻麻的头发，像落满了柴木灰；他挑着粪桶走在前面，他老婆走在后面，提个竹篮，咧开嘴巴数落他：“别人的芋头都卖完了，我们还有半块地没挖上来，你脑壳里是脑浆还是石灰浆啊……”

回到村里，他带回了两个人。一个五岁的儿子灯亮，一个三十一岁的老婆爱贞。老婆是沙溪人。沙溪是上饶、玉山、广丰三县交界的大镇，那里的人生活富庶。从珠湖出来，李堂东在沙溪落脚。

沙溪没他认识的人。他靠吹唢呐拉二胡为生。镇大，红白喜事多。他会唱，会拉二胡，会敲锣打鼓。没有红白喜事的日子，他拉板车收破烂卖。他借住在废弃的拖拉机站。也是在拖拉机站里，和他老婆爱贞结了婚。爱贞有男人般魁梧的身材，大麻脸，唇厚嘴阔，鼻子油油发亮。

有时候，我觉得，人活着是一种秘密过程，像穿过漆黑的山洞。谁知道，我们是怎样穿山洞的呢？我们单凭自己的体力和感觉，往前面走，摸墙，磕破头，踢烂脚尖，洞顶的石块会落下来也不可知，失脚跌下洞窟窿也不知道。我们埋头赶路，相信洞口外有光，有春天的野花在等待，有壮阔的海洋呈现在面前。我们也不知道山洞有多长，走得筋疲力尽，身心困乏，可山洞却一直无限延伸。走，成了一种本能。走出山洞的时候，就是倒下的时候。可谁知道我们是在走山洞呢？还以为我们在滑冰场溜冰，在大海里冲浪呢。

离开枫林的十余年，李堂东就像一条活在树皮缝隙里的软虫。

在村街上，常碰见他。他背一个麦秸编的蒲苕袋，袋子里插一把二胡、两支唢呐，穿一件黄不黄棕不棕的夹克衫，斜着塌塌的肩膀，走路摇着下身，低着头。见了人，他抬起头，咧一下嘴巴笑一圈，算是打招呼。我弟弟、妹妹、侄子，他们结婚时，都是李堂东做乐队手。我祖母、祖父故去，也是李堂东做乐队手。乡村乐队一般有七人，两个吹唢呐，一个撩钹，一个打小锣，一个吹笛子，两个拉二胡。撩钹和打小锣的人，还担任歌唱手。撩钹的，大多是妇人。撩钹最简单，哐嘁哐嘁，小荷叶一样的铜钹，轻轻扣在另一片铜钹上。撩钹的人唱女声，打小锣的人唱男声。有时，拉二胡的人也唱（简单的折子戏，有三个或四个角色唱）。老人故去后，入殓那夜，得做一夜道场。我祖父故去时，我在寿棺前坐了一个通宵。乐队也唱了一个通宵。我父亲头伏在棺盖上，竟然睡着了。

白布挂满了厅堂。乐手围坐八仙桌，桌上摆了茶点瓜果。李堂东拉二胡，微微闭着眼睛，摇头晃脑，唱道曲。道曲，我一个字也听不懂。哩哩唧唧的声调。他是一个地地道道的乡村乐手了。他是八仙桌上七人之一。他和他们没有分别：一天一包烟，一场下来分三百块工钱，一条毛巾，一双解放鞋；坐在厅堂右边的角落，烟夹在耳朵上，唱完了一曲，喝一口浓茶，嗑瓜子，油腊腊的脸上有着淳朴的微笑。

回了枫林之后，李堂东再也没有外出做工。他和他老婆，是村里唯一没有外出做工的年轻夫妻。也不知道李堂东是跟谁学的，他认识很多山中稀有的植物。如高山猴头杜鹃，百年枸骨树。冬春两季，不上门吹唢呐，他就挖稀有树去种。他屋前有两块地，他拉来塘泥，填平整好，把树种在肥泥里。种个三两年，树存活了，一棵树能卖上万块钱。 他迷上了种花。除了红白喜事，村里人再也听不到他唱歌拉二胡了。

吃了晚饭，他和爱贞在村街上上下下走个来回。他回家了，爱贞坐进杂货店里的麻将房，搓两把麻将。李堂东不打麻将，也不抽烟。上门做喜事，一天收一包烟，他把烟送到杂货店，换盐油换肥皂洗衣液换牙膏牙刷。收了一支支的香烟，他用空烟盒装起来，放在灶台上，家里有客人来，他从烟盒里摸出烟，发一支。他在院子里养了十几只鸡鸭。有一年过年，他听说我找老番鸭的生血（民间偏方说，老番鸭生血治胃病），就来我家，叫我去喝鸭血。他戴一顶黑扁帽，腰上扎一条黑围裙，说："我家番鸭子养了八年，听说你有老胃病，找老生血吃，我干脆把鸭杀了，你来喝。"

"哪当得起呢。八年的番鸭卖八百块钱呢。你自己留着吧，养鸭子太不容易了。"我母亲说。

"养起来就是吃的，钱哪赚得完呢。"他拉起我的手，就往屋外走。他手劲很大，手掌糙糙的，像一张砂皮卷在手上。在我孩童时，他的手是软软的，如一块蒸糕。

我喝了生鸭血，他从灶台上拿起烟盒，给我一支烟。烟纸有些渍黄。我捏捏烟屁股，松松软软。他说："你都开始脱头发了，时间怎么过得这么快，你偷我家柚子吃，爬上去，下不来，还是我抱你下来的，想想，才几年啊。"

看看他的屋子，和二十多年前，没什么变化。当年的那种气息已经荡然无存了。村子一直在变。瓦屋越来越少，楼房越来越多、越来越高，人也越来越少。人都去了浙江温州、慈溪、义乌一带做工。楼房都是阴冷的，白白的地砖吸不了人的气息。人也在改变模样。至于变成了什么模样，我也说不清楚。

唯一不变的，是饶北河。从哪里流出来，流到哪里去，从来没有改变。开始和结局，千百年来，没有改变。轻浅的河水，在宽阔平缓的河床上，日日夜夜流淌。芦苇在起伏，秋天的芦花白浪浪的一片。落日时分，斜照的霞光漾漾的。

我们可以去想象一条河流：想象它从河湾转过身来，在柳树林里隐秘地回旋；想象它早晨的薄雾，萦萦绕绕在河面，缕缕丝丝纠缠在一起，白得遮掩了视线；想象它叮叮咚咚的流水声，舒缓得像一支摇篮曲；想象它河滩上细雨一般降落的鸟叫声，沁人心脾；想象它身上披散的暴雨，哗啦啦，漫无边际，乌黑黑……但我们无法想象一个人，无论是他的内心，还是他的肉身，甚至无法想象他的过往，以及他的去向。

人无法知晓自己怎么死，无法知晓别人怎么死。人无法知晓自己怎么衰老，无法知晓别人怎么衰老，也无法知晓从什么时间开始衰老。人是一个被挤压的物体，变形的过程，就是一个人衰老的过程。到了不能再变形的时候，已濒临死亡。

村子空了，有了一群闲人。有的闲人，是以前很勤快，现在突然想明白了什么，便什么事也不做了。有的闲人，从一出生，便什么事也不做，似乎他的一生，只为闲，没有比闲更重要的事情了。有的闲人，有老婆干活，干到耕牛一样，养着儿女。有的闲人，便一直单身着。也有一群像鬣狗一样忙的人，早上种菜，白天做手艺，晚上做家活，房子做了一栋又一栋，似乎活着，就是做事。

村里有一个叫家顺的木匠，在顺德一家红木家具厂，做了十几年，一天做十二个小时，正月出门腊月回家。有一年，他突然撒手不做了。没有为什么，就是不做。他老婆和他吵闹，他也懒得理。吃了早饭，他便找人打炸弹，一块钱一个奖。和他打牌的人，都是七十多岁的老人。他也找妇女打麻将，打一块钱圆角。有人说他："家顺师傅，这么年轻不做事，也太早了。"家顺说："做事没什么意义，不想做。"

闲人生出很多闲事。闲事就是这样来的。村里在上个世纪七十年代，有十几间大仓库，仓库前有晒场。八十年代初，实行联产承包责任制，村里把这些大仓库卖给十几个村民。仓库是瓦房，拆不了也合并不了，便一直空着。有的人家堆柴火，有的人家堆杂物，有的人家堆麦秸。仓库在废弃的瓦窑场隔壁，平时也无人去。一个河边的废弃场所，看起来很荒凉。家顺有一间仓库。有一次，去田畈照泥鳅的德福，遇到天突然下雨，他提着松灯，在仓库屋檐下躲雨。他见仓库木窗照出暗暗的光，便踮起脚尖，朝窗户里面看。一男一女在稻草堆上，赤裸着身体，抱着。雨大，哗哗哗，晒场上的苦楝树摇得厉害，沙沙沙。

村里有好几个人知道了这件事。仓库有烛光亮出来，便有人候在窗下。过了两个月，全村的人都知道了。唯一不知道的，是家顺的老婆和爱贞的老公李堂东。有一次，卖化肥的老眯和家顺打牌，家顺输了，耍赖。老眯把脸乌黑下来，说家顺："你这个人没名堂，比你大六七岁的女人，你也下手。”

也有可能李堂东知道爱贞的事，但当作不知道。如德福说的那样：“爱贞鼻子哼一下，堂东也不敢喘一口粗气。”在杂货店，也常有人开李堂东的玩笑：“堂东，快把十块钱藏进鞋垫里，爱贞走到樟树底下了，马上到这里了。她搜到你有十块钱，她嘴巴是要骂肿了的。”开玩笑的人，假装靠近李堂东，捂紧李堂东的口袋。李堂东说：“哪有那么吓人，骂人是要的，不至于嘴巴骂肿了。”

爱贞骂李堂东，我没见过。我见过爱贞用竹梢追着李堂东跑。李堂东绕着弄子跑。他老婆在后面追，啪啪啪，挥舞着竹梢。

弄子里的人，看到了，哈哈大笑，说爱贞：“管老公哪用得上竹梢，男人又不是三岁小孩。”追的人笑了，跑的人也笑。

在灯亮二十岁那年春天，李堂东两个膝盖莫名地痛。起先是隐隐地痛，痛几天又不痛。他以为是抽伤了筋，也没在意。后来是走路痛，歇下来不痛。最后，睡在床上也痛，小腿也痛，腰椎也痛，痛到他挪不了脚，痛到饭也吃不下。他去上饶市几个医院检查，查不出病因。有人劝他去上海看医生，他不去。他舍不得钱，钱太难积攒，像锅里的茶油，每一滴都金贵，烧起菜又不见油。女儿还在县城私立学校读书，儿子灯亮在义乌汽修厂才做了一年多学徒。他想盖个楼房，没楼房，儿子娶不上媳妇。

到了夏天，李堂东完全下不了床了。人一圈圈瘦下来，脸瘦到脱相，眼睛凹陷进去，颧骨凸出来，下巴尖尖的。很多人认为，李堂东活不了多久。爱贞把小方桌摆在他床沿边，饭菜端上去。吃了晚饭，爱贞就去打麻将，每次都打到夜深回来。

家里养了一条狗，是宠物犬和土狗杂交的，矮矮的，身长，黑白杂毛，眼睛小小的。狗特别会找吃，吃袜子，吃布鞋，吃鱼肉。李堂东几次想卖狗，可没人来买，偷狗的人也不要。宠物犬和土狗杂交的狗，看起来没品相，吃起来让人恶心，谁会要呢？爱贞去玩麻将了，狗爬上小方桌吃碗里的饭，吃碗里的肉。没吃完的，爱贞第二天又热起来给李堂东吃。李堂东把桌子掀翻，说："狗吃不完的东西也给我吃，你是把我当人，还是当狗？"

"不吃，你就饿着吧。狗饿了，什么东西都吃。"爱贞说。

有时，爱贞并不是去打麻将，而是在外面遛一圈，从后门回家上阁楼。每次从后门进，她都带一个男人回来。她轻轻推门，蹑手蹑脚上楼，关起门玩。这个男人是谁，李堂东明白。那个男人发出无法控制的咳嗽声。哑黑的咳嗽声。李堂东和爱贞争吵了好几次，说："我没死，你就带男人回来，你就不怕雷劈吗？"

"你没死，我也找男人，这又不是第一个。"

争吵了两次，爱贞也不从后门进了，带着男人，哐当打开大门，上阁楼，取乐之声毫不掩饰。李堂东听一次，往房门外摔一个碗，骂：“荡妇，荡妇，找冬瓜皮不如找一条狗。”冬瓜皮是个闲人，单身，无父无母，五十多岁了，眼皮整天不停跳，有不可控制的咳嗽病，是早年偷东西，被人打伤，落下的病根。他是一个过年只有一碗菜的人。

人动不了，挨不了几个日子了。灯亮回家照顾床上的爸爸，也预备着后事。李堂东对儿子说：“家里有贼，天天偷东西，这个贼就是你无耻的妈，她明目张胆偷男人，这个男人就是冬瓜皮。我知道，你从小畏惧你妈，但你是我儿子。 这个荡妇，你不收拾，对不起你祖宗。你现在收拾不了，等她老了收拾。你可以先收拾冬瓜皮，找个好时机,下手要狠，但不要打死。你不收拾这两个人，你一辈子抬不起头。你不要像我这样窝囊。窝囊的人，活得像条狗。”

打棺材的长脚师傅，把棺材板拉进李堂东的家里了。李堂东泪水扑簌簌地流了下来。想想自己这一生，忙死忙活，没干出一件像样的事，枉在世上走一遭：自己父亲死，还没床前送终，在珠湖栽田插秧，愧为人子；自己将死，儿子连儿媳妇还没说上，愧为人父。

阿兰寺的住持是个七十多岁老僧，河南人，在寺庙生活有三十余年了，法号妙生。村里的人尊称他老僧师。老僧师高瘦，温和儒雅，为人慈爱，肤色蜡黄。寺庙在饶北河对岸的矮山腰上。隔河隔千里。这是乡谚。再近的地方，隔了一条河，也是远的。平时老僧师来村里，也来得少。一日上午，老僧师过河，来村里找三石师傅凿石臼。过河进村，经过李堂东家，见长脚师傅在卸棺材板。

“堂东师傅怎么病得不行了呢？去年来庙里，还是好好的。”老僧师说。他进了屋，问了很多情况，把了脉，看了眼球，摸了膝盖小腿腰椎，说：“寿棺备也备下了。我开个方子，试试看，用四天，效果怎么样，告诉我。”

“麦麸二斤，醋二斤，徐长卿二两，花椒四两，老艾叶三两。”

老僧师把方子给灯亮，交代道：“徐长卿中药店有，其他东西在村里问问，可以找到。这是一副药的量。你先配三副。下午，我来煎药。药不能喝，用药渣热敷骨痛。”灯亮千恩万谢，接过了方子。

第四天早上，灯亮早早来到了寺庙，拜谢老僧师，说：“我爸腰椎不痛了，膝盖也不像前几天那么痛。请老僧师施恩，救救我爸这个苦命的人。”

老僧师过河，看到李堂东脸色不再僵白，粥也能吃一大碗，慈祥地笑了，说：“堂东师傅年轻时，常年下水，做重体力活，多年心情不畅，积郁深，患了严重的关节炎，又有不轻的风湿。关节炎又引起五脏不畅，精神萎靡，茶食不思，以至体衰。天晴了，堂东师傅不要卧在房间里，躺到屋外去，晒晒太阳，呼吸新鲜空气。按着方子，继续敷药，敷两个月，便可以下床了。”

过了两个半月，堂东下床了。堂东去了阿兰寺，对着老僧师一拜再拜，感激涕零地说：“鬼门关走一遭，是你把我拉了回来。死了又生，阴又还阳。”

老僧师说：“人遭的每一次罪，都会在身上留下痕迹。我佛慈悲，化解众生的苦痛。”

“我日日拜佛，日日点灯，以拜谢佛祖。”

堂东又背起了蒲苕袋，上门做红白喜事了。但他再也不吃荤不杀生。没有红白喜事，他便去阿兰寺，早晚都去。他去扫地种菜，去种花种草，去听老僧师讲佛经。

在寺庙，他做了两年，老僧师收了他，当三宝弟子，给他取法名：常苦。过了两年，村里人都叫他常苦师。他再也没有吹过唢呐了。又过了两年，他住进了寺庙的偏房。

他一直没有离开那个方子。

还有另一个方子，他也一直用着：蜂窝酒，一餐半两。

六十岁还不到，常苦师的脚在初春便难以下地了。潮气又重又寒，他的膝盖痛再次发作。他便坐上轮椅。一年痛一季，成了节律性病痛。

阿兰寺，是我常去的地方。过饶北河，便是葫芦形的田野。青青绿绿的田野有青青涩涩的气息。矮山冈呈水浪形，堆在灵山脚下。高耸的灵山，被众多的山峰托举着。阳光在峰壁闪耀。大雪从峰峦上飘下来。东南风也从峰峦上飘下来。枫林的四季，从峰峦开始。饶北河也从峰峦开始，跌跌宕宕，一路向东向南。始于灵山的溪流，故称灵溪，位于上饶以北，又称饶北河。阿兰寺是一座古朴的寺庙，高大的枫香树，荫盖了院子，有一种深邃庄严的宁静。站在寺庙门口，可以看见饶北河在盆地里蜿蜒地游动，游得无声无息，游得无所束缚。河边的村舍，也无声无息，村里的人，像菜虫在菜叶上蠕动。

饶北河究竟流向哪里，又有什么重要呢？只要河流淌着，即使羸弱地流淌。流淌，是广大漫长的流淌。

枫 林 渡

你没有如期归来

而这正是离别的意义

——北岛《白日梦》

河面白茫茫。旷野白茫茫。深冬，大雪一层层覆盖下来。雪花旋转而下，飘飘忽忽。天空低矮，仅仅比山梁略高一些。雪花在空中，如炭灰，大把大把扑撒。也看不出雪花是在哪儿形成的，从深邃的空中，越下越大朵，绒毛球一样飞旋。从山头往下白，白了山梁，白了山腰，白了旷野。

屋顶白了。树梢白了。坟头白了。菜地白了。

行人的头白了。

渡口白了。

搁浅在渡口的木船白了。木船是一条空船，被一根麻绳系在大柳树下。河水吞噬着雪花，如须鲸吞咽磷虾。饶北河从彭家坞弯过来，直流，到洋槐茂密的河滩，又弯成一个半弧，直流南出。在半弧的湾口，五条方形的长黑石条，砌成了向上的台阶，通往岸边的枫林村。台阶被一株大柳树遮掩。两岸的人，在这里上船下船，在这里握手言别。

一阵阵的大雪，使得天空荒凉，把天下空了，空得只剩下雪无声飘落。枫林渡也被下得荒凉，没有一个人。柳树洋槐，落尽了叶子，空空的枝丫积了雪。三两只寒鸦蜷缩着身子站在枝头，叫声短促阴寒，让人觉得无比孤单。寒鸦也叫慈乌、慈鸦、麦鸦燕乌，颈后羽毛呈灰白色，胸腹部呈灰白色，其余部分呈黑色，双眼似两颗珍珠。高高的洋槐，有树洞，寒鸦在树洞里筑巢繁衍。

十五年之后，满福仍记得那场大雪。雪花像黄昏时分乱飞的蝙蝠。他在渡口砍香椿树。他每砍一刀，圆帽斗笠上的雪就扑簌簌地抖落。香椿树有两棵，是满福母亲在六十年前栽下的。在满福十五岁的时候，母亲告诉他：我死了之后，用渡口香椿树打棺木，香椿树埋在土里不烂。这几句话，他母亲说过很多次。临落气，他母亲靠在床沿，眼睛睁开一会儿，又闭上一会儿，油灯忽闪忽闪，炭火在火钵里红亮。他母亲眼角流出黄浊的水，泛白的嘴唇轻轻抖动，说："你去把刀磨亮，磨亮。"满福嗯嗯地应答，不断地垂泪。他守在母亲身边，握着渐渐凉下去的手，忍不住号啕大哭。

开裂的树皮，斜横的树丫，清脆的刀声。河岸旷芜。树身圆直粗壮。傍晚的河水呜咽地流着。大地一层层交出内心所有的白。

树最终倒在渡口的台阶上。满福坐在香椿树上，抖抖索索，从裤兜里摸出一支烟，啪哒啪哒，打打火机。打了十几次，打火机也打不亮。他把烟揉碎，咀嚼在嘴巴里。雪花密集地落在河面，被河水卷走。河水白白亮亮，咕咕咕响，推搡着，绕过河滩，消失在下一个湾口。满福盯着河面，眼睛发花，似乎河里漂着人影。数不清的人影，随河水波动。

栽香椿树时，满福才一岁，他母亲才十九岁。这个妇人叫念慈，在渡口送别她丈夫。她丈夫出身富裕人家，在茶山祠读书，二十出头，风华正茂。严寒渐退，春天架着白鹭的翅膀，快速来到饶北河。白茅长出了芽白，紫云英结了紫红的花。柳枝披了绿绦，悠然摇曳。白鹭的幼雏在河边戏水，呱呱呱叫。开冻的河水引来追逐的河鱼。她丈夫对她说："动荡的年代，我不能白白活一辈子，我要去寻找自己的理想。"她知道他是刚烈的人。她为丈夫收拾了包裹，送他到渡口。她抱着孩子，孩子在甜甜地酣睡。她忍不住流眼泪，跟在他身后，说："你记得回来，等你回来了，孩子会叫你爹了。""我会回来的，我的鞋子沾了这里的土，我的血脉在这里。"

木船离岸而去，顺水而下。念慈站在台阶上，看着站在船头挥手的人，穿一件白色长衫，围青蓝的围巾，戴一副黑框眼镜，撑一把油布伞。稀稀的雨，斜斜地飘。河面荡起雨珠溅起的波纹，密密麻麻，一圈圈。这时，孩子突然醒来，啊啊啊地哭。念慈把孩子抱直了，说：“你叫爹，快叫爹，你爹听得见。”孩子哭得更凶。

孩子三岁，她便教孩子识字。她用一根木炭，在门前的青石板上写：叶从理。她在竹溪书院读过五年私塾，会写会画。每天傍晚，她带着孩子去渡口。她知道，她等的人，若回来，必从上饶渡口坐木船，溯河而上。太阳上山，人上船；太阳下山，人到了枫林渡。生活在郑坊盆地的人，饶北河是唯一外出的路。她走过这条水路。她还没结婚，给他送冬衣去。她背一个布条包扎的棉包裹，坐船去上饶。阴冷的风，从船底掀上来，船篷呜呜作响。她裹着蓝布头巾，坐在船舱里。窄小的船舱，有一个木炭火炉，火光照着她霞红的脸。在上饶渡口下了船，经过宝泽楼，沿溪而上，走一盏茶的时间，到了茶山祠。八百年前，陆羽隐居于此，种茶，研茶，写《茶经》。叶从理在茶山祠读书。晚上，叶从理带她去仙乐斯听戏。仙乐斯在信江河畔，西临护城河。这是一条百年老街，酒肆林立，茶馆相连。仙乐斯有大戏台，客人一边喝茶吃甜品，一边看信河戏。临老了，念慈还记得《西厢记》里的那句台词：

碧云天，黄花地，西风紧，北雁南飞。晓来谁染霜林醉？总是离人泪。

饶北河流得不紧不慢。四季之中，饶北河有时是少年，有时是老年。它西出灵山北部，在南高峰的峡谷奔泻，在盆地弯转。圆南瓜一样的盆地，在暮春有群鸟飞来。寿带驾着东南风，从灵山盘旋直下，栖落在洋槐林。它体色带有散发着金属光泽的蓝黑色，头顶伸出一簇冠羽，体羽为背栗腹白，翅亦为栗色。雄鸟有着非常长的两条中央尾羽，像绶带一样。它以天蛾、松毛虫及其幼虫和卵为食。它尾巴赭黄色，也叫赭练鹊。在林中，它叽咕叽咕地叫，玲珑的脑袋像个松果。寿带老了，羽色退化，全身发白，让白发苍苍的人无比感怀。 家燕三两只一群，从厅堂飞出，飞向田野，飞向河边。厅堂的燕巢倒悬在横梁上，雏燕张开黄喙，唧唧，唧唧，等待母燕觅食归来。母燕斜着身子，投身飞射，捕食虫蛾。

站在渡口，念慈看见树上的白寿带，忍不住摸自己的头发。暮春的河边，多么爽朗。尤其在傍晚，溪水留了一抹残红，霞光在不远处的湾口颤动。油青的秧苗已经灌浆，暗白的稻花兀自低垂，又被风翻上来。孩子五岁那年的五月，饶北河上游瘟疫流行。

患病的人，全身酸痛，打寒战，发高烧，头痛，乏力，过不了两天，淋巴结肿痛。淋巴肿大，迅速化脓，破溃。最后无力，眼皮也抬不起来，奄奄而死。第一个得瘟疫而死的人，是郑坊徐家的一个老人。老人饿得受不了，烤老鼠吃。吃了三只老鼠，挖了半块菜地，回家睡觉。第二天起床，手抬不了，像被卸了力一般，衣服也穿不起来，摸摸耳朵根下的淋巴，肿胀肿胀，像个核桃。熬药一样熬了两天，人说胡话，淋巴溃烂，死在躺椅上。

过了七天，送老人上山的四个棺夫死了三个。老人三个儿子死了一个，三个媳妇死了两个。各个村，都有了相同死法的人。在饶北河，闻死惊骇，瘟疫爆发。

棺材铺卖空了。人一死，用草席卷起来，塞进猪笼，投进石灰窑和石煤一起烧。叶从理的父亲也死于瘟疫，烧了窑。念慈扒了一钵煤灰，放在土瓮里，埋在自己的豆田，和叶从理的母亲合葬在一起。

丁酉年冬，雪落了两天，北风呼呼，把窗户打得啪啪响。想起乡下的老母亲，我睡不着。老人怕冷，整天抱着一个火熜。每年冬天，我早早买几麻袋的硬炭，给老人烘火。第三天，我搭上去华坛山的班车，回枫林。我坐在车上，望着沿途的积雪，白皑皑，鼻子发酸。车沿着饶北河，在山边公路，东弯西扭地走。邻座一个七十多岁的老人，见我出神的样子，问我："你哪里人啊？"

"郑家坊人。"

"郑家坊好啊。前有饶北河，后有古城河，双河玉带。郑家坊是出宰相的地方。出任明世宗首辅的夏言，虽是贵溪人，外婆家却在郑家坊，他是在郑家坊长大的。"

"你怎么对郑家坊这么熟？"

"何止熟啊。广信南有上泸畈，北有郑坊畈，这是广信的两个大粮仓，有这两个畈，广信人不会挨饿。你是郑家坊哪里人啊？"

"枫林人，你知道枫林吗？"

"枫林的？枫林好啊，郑坊畈占了一大半，不旱不涝，年年风调雨顺。红薯粉丝和油炸豆腐，是枫林的两个宝，你不知道吧。”

“知道的，年年都有人来收粉丝。”

“你是枫林哪里人啊？”

“中蓬人。底枫林的。”

“底枫林，怎么会不知道啊！有几棵老柿树，都有好几百年了。”

“那是湖塘坑，中蓬还要上去一里路。”

“知道中蓬，有两条逼仄小弄。沿着村子有一条水渠，渠里鱼多，后来水渠塞了，浇了路，好可惜。你是中蓬哪户人家？”

“傅家。”

“元灯叔好，灯叔好。傅家有一棵大樟树，门前一畈田，对着古城山。”

“元灯是我公，八十八岁过世，有廿二年了。大樟树十八年前砍了，你很多年没去枫林了。”

“我也是枫林人。老母亲走了之后，便很少回枫林了。”

“你这次也是去枫林？”

“去看看枫林渡。”

“枫林渡被芭茅盖了。芭茅比人还高。大柳树还在。”

“长条石还在，大柳树还在，枫林渡就在。”

“以前，不通公路的时候，枫林渡是迎来送往的地方。枫林人都是从这个渡口走出去的。”

“走出去的人，有的回来了，有的再也没回来。”

“从枫林渡出去的人，都是枫林人，回来和没回来，没什么差别。”

“怎么会没差别呢？回来的人，叫生根；没回来的人，叫漂泊。漂泊的人，一生都在河上。就像枫林渡口的那条木船。”

“老人家，怎么称呼你？”

“我母亲以前是在枫林渡摇船的。她一辈子都在摇那条木船。”

“我十几岁就认识她。她白头发，眼睛不怎么好，说话声很轻很温和，鼻梁上有一颗黑痣。她会唱信河戏。”

“哦”了一声，老人闭起眼睛不说话了。老人就是满福。摇船的人在渡口摇了几十年。摇船之前，她教过几年书。作为村里为数不多的识字人，新中国成立后，她在小学教书。她的家，在河湾的樟树林里，河石砌的墙，木格的窗户，带篱笆的院子。樟树林有三五户人家，一条砂石路一直通到河滩。冬天，樟树林栖息很多白鹭，远远看去，像是树上开满了粉团的白花。

送别了的人，始终没有回来。谁也不知道叶从理去了哪儿，在哪儿生活。也不知道是死了，还是活着。满福的母亲，没有收到过任何音讯。满福十岁了，她带着孩子，从渡口坐上木船，去了一次上饶，在渡口下船，去仙乐斯听戏。可惜仙乐斯的戏院解散了好几年。茶楼酒肆还在。孩子嚷嚷着，要吃马骨糖。仙乐斯高悬在屋顶上的木牌还在。黄漆镏金的行书，依然夺目。她又带孩子去了茶山祠，在门口转来转去。

小学成立了没几年，又关闭了，改成了夜校。她成了一个摇船的人——因为她识字，因为她老公去向不明，她被无休止地要求写检查，被批斗。她戴着报纸折的高帽子，跪在小学的操场上。批斗完了，去摇船。

船是木船，半边的梨瓜形，中间有一个“口”字形的船舱。船舱上拱起一个篾片雨篷。她摇不来船，摇桨的时候，船像葫芦瓢一样，晃得厉害，在河面打转。她几次跌坐在船头。

这是一个零落的渡口，过往的行人并不多。她把客人送到对岸去，再把对岸的客人接过来。河面有百余米宽，河水一米多深，清澈见底。两岸的人，都认识她。她头上扎一条蓝头巾，小圆脸，腰上绑一条蓝围裙。雨天，她戴一顶尖帽斗笠，穿一件黄蓑衣。

欸乃声从清晨响起。把棕绳从柳树上解下来，推一把船，橹板插进水里，手拉直又屈起，橹板哗啦哗啦划动着水流。水在橹板上冒出白花，旋起水涡，船游动起来。渡客站在船头或坐在船舱，听着橹声。多年后，满福读宋代陆游《南定楼遇急雨》:“人语朱离逢峒獠，棹歌欸乃下吴舟。”情不自禁想起他饶北河上的母亲。有时，他和他母亲一起摇船。他已经十五六岁了，是个强壮的劳力。无客人的时候，他母亲在船上，给他唱元代郑光祖的《倩女离魂》:“听长笛一声何处发，歌欸乃，橹咿哑。”

有一年，五月的暴雨侵袭了饶北河流域。雨水如注。天际乌黑黑的雨线，像一道网，把人罩得喘不过气来。横流的山涧从村沟、田垄汇流到河里。河水涨上了河堤，岸边的水田成片倒塌。泥浆轰隆隆塌在河里，抛起十几米高的水花。系在柳树上的木船，被水冲走了。他跟着母亲，沿着岸边找木船。洋槐在水里，露出树梢。上游冲下来的浮木，在浊浪里沉沉浮浮，滚动着，卷席一样盖过。他一直以为，饶北河是一条羸弱的河，河水轻浅，他第一次被洪水惊骇了。河边的十几栋泥土房，在雨水的浸泡下，膨胀，轰然倒塌。睡在屋里的人，来不及尖叫，被浪头扑进了水里。牛在奔跑，一直跑，跑得跪下去，被山洪冲进了河里。

每年农历二月十五，念慈穿上红色的短棉袄，盘一个发髻，在发边插三朵迎春花，在渡口坐上半天。叶从理在这一天离家。短袄是她做新娘时穿的。花是她送别时戴的花。二月十五，也是花朝日。这一天，百花开始盛开，花神来到人间。村里有人抬花灯。

饶北河流域有抬灯的习俗。每年正月，村村抬龙灯。抬龙灯也叫板桥灯。龙灯由龙头、龙骨（也叫龙身）、龙尾三部分组成。龙头高大，用竹篾扎成海龙王的威武形象，纸糊的龙鳞，挂着红布的飘带，两个年轻壮汉撑着竹架，边走边挥舞。龙尾像虾腰，可以随意摆动。龙骨一节一节连起来，每一节是一条长板凳，长板凳上绑着两盏红灯笼。“板”作动词用，翻舞转动的意思。每一节，代表一个成年男丁。大的村子，有两千多节，可绵延好几里，像银河里的灯桥，蔚为壮观。龙灯每经过一个村子，村子里的人就站在村口接灯，炮仗噼噼啪啪放几十分钟，土铳冲天鸣响，轰隆轰隆，震得耳膜生疼。给每一节灯披红布，摆茶，而后在晒谷场请吃汤面。吃了汤面，便在田野里板桥灯。桥灯一圈一圈地围起来，围成各种图案，有八卦阵，有长蛇阵，有方圆阵，有鹤翼阵，有雁形阵，有偃月阵。布阵法的师傅叫带灯人，走在龙头前面，提一个大红灯笼。带灯人睿智，变换着阵法，让人眼花缭乱。假如带灯人突然神志迷糊了，阵法会大乱，人撞人，会造成人员踩踏事件。带灯人记不住阵法了，便朝天鸣铳，砰砰砰三枪，大家坐在原地休息，等另一个带灯人来，带领大家走出迷宫一样的灯阵。看板桥灯不站在地上看，而是站在屋顶上俯瞰，红灯簇拥，似繁华盛开，千树万树，烟花如幕。如辛弃疾在《青玉案·元夕》中所言："凤箫声动，玉壶光转，一夜鱼龙舞。"

花朝日抬花灯。晌午之后，村里人用红纸墨水化妆，穿上明代桃红柳绿的服饰。各家各户从阁楼上取下灯笼，给灯笼贴剪纸，挂瓔珞。红纸抹唇粉脸，作胭脂；墨水画眉糊鼻，作黑油。枫林人以种田种地、伐木烧炭、采山货为生，村舍散落在两岸的山坳间。村子林木幽碧，溪流淙淙。晚饭后，街上锣鼓咚咚咚响。抬花灯的人去拜土地庙了。土地庙在村头一棵大樟树下。提灯的人跟在锣鼓手身后，摇晃着手上的灯，拜土地庙。拜土地庙，仪式并不怎么盛大，但很庄重，上香，作揖，跳舞。拜了土地庙，又去拜社公庙。拜了庙再游花灯。游花灯在一个老祠堂里，敲锣打鼓。花灯不舞动，也不相接，是手提的。灯笼形状不一，有五角灯、鱼灯、莲花灯，样式有吊灯、座灯、壁灯、提灯。灯笼有灯帽和灯座，配以剪纸、书画、诗词，灯头是鱼，下面两个灯笼，条幅上写着“三君司命”。提灯组成了灯街，灯街有四匹马（推车灯），两匹红马，两匹白马，红马是雄马，白马是雌马，每隔八盏灯有一匹马。灯身藏着一个穿明代服饰的人，戴戏帽，踏戏靴，摇着扇子，唱古戏，神采飞扬。至于唱的戏词，大多数村民也会唱。

桥灯有阵法，如排兵布阵，像一支古代军队，灯形只有单一的球形，但气势恢宏，如江河吞泻。游花灯更接近于地方戏曲，有乐手鼓队说唱，有表演，有宗教感。满福早早洗了灯，清扫了院子，去渡口接母亲回家。渡口离他家不远，过一片三角形的田野，过一个柳林，便到了。路上的野花，灯花一样胀开了。田埂上的刺蓬、野豌豆、雀舌草、翻白草，开得一浪一浪。柳树林的单叶铁线莲，绕上了柳梢，垂下玉白的粉槌。黑翅长脚鹬站在滩涂，像一个孤独的牧师。满福知道母亲想什么，虽然她从来不说。父亲，对他而言，只是一个想象中的人。父亲只留了一张相片，挂在厅堂上的镜框里。父亲站在枫林渡，围一条棉围巾，穿蓝色长衫，头发往两边梳，前额突出。柳树繁茂的叶子，有些婆娑。树上还站着一只浮鸥。渡口有十几米宽，水漫上一个台阶，父亲看着河面，水隆起波纹。

每年的这一天晚上，念慈都要蒸一笼馒头。她一个人在厨房里揉面粉，翻来覆去地揉，面揉得特别筋道。水一直在锅里翻腾。她看着一锅水翻腾出白泡泡，水汽在屋里绕来绕去。水慢慢浅下去，浅到了圆锅底，水嗞嗞嗞地叫，像呻吟。黑锅变白了，她加水下去，继续烧。揉好了馒头，放在笼子里蒸。蒸汽从笼子的细缝里，白白地回旋上来，罩住了整个灶台。她把木柴叉进灶膛，看着火苗舔着锅底旺上来，木柴慢慢变成灰烬。她能感觉到，馒头在笼子里，饱饱地吸了蒸汽，发胀，滚烫。

在叶从理背在身上的包裹里，有她揉的十二个馒头和四个咸鸭蛋。

饶北河百余里长，蜿蜿蜒蜒，在上饶北部狭长的山谷里，不舍昼夜地流，流进信江，汇入鄱阳湖，注入长江。她没见过长江，也不知道长江有多长，江水最终流往哪里。饶北河只要一天就可以走完，无论是走山路，还是行船。为什么出去了的人，回来得这么艰难呢？她问过很多从枫林渡离开的人，打听叶从理的下落。在二十世纪三四十年代，村里有十几个从枫林渡离开的人。离开的人，有两种：读书人和穷得没饭吃的人。读书人，往上海、广州跑，提一个藤条箱，打一把油布伞，坐上木船，到上饶火车站，坐上火车去了十里洋场的大都会。外出的读书人，有的成了家，有的还是没毕业的大学生。穷人一般是十五六岁的小青年，砍柴或挖地时，见路过的部队，扔下柴刀锄头，跟着部队走了。走的时候，连家人也不知道，还以为孩子被老虎吃了。

跟部队走的人，只有一个回来，但其他人都会有音讯：×年×月×日，在××战役中，壮烈牺牲。还有奖状和军功章。回来的这个人叫杨金俄，参加过解放战争和朝鲜战争。

他回来的时候，已经四十多岁了，腿受过严重枪伤。从枫林渡下船时，念慈都不认识他了。杨金俄戴一顶长耳朵的绒帽，背一个方角的背包，腰上挎着一个铁皮水壶，瘸着腿，踮着脚尖走路。他的父亲已死了十几年，他的母亲还在。他母亲抱着他的头，哭得全身瘫软。他有严重的耳背，据说是被炮弹震聋的。有一段时间，念慈带着满福三天两头往杨金俄家跑，问叶从理的下落。杨金俄是战斗英雄，大队召开了庆功会，敲锣打鼓，放鞭炮，热闹了一天。因为腿有枪伤，杨金俄干不了重体力活，被安排守仓库。快五十岁了，他才和一个三十多岁的寡妇结婚，住在祖屋里。祖屋是一栋三家屋，房子有些破旧，一下雨，瓦屋漏水，滴滴答答，漏在饭桌上。吃饭了，他端一个木脸盆，接瓦漏水。水珠溅在他脸上，他用手抹一下脸，继续吃。杨金俄活了九十三岁，是村里长寿老人之一。他生了两个儿子。最后他死在祖屋里，无疾无痛，无声无息，像一个不会醒来的人。

读书外出的人，有两个回来的。一个叫李响，在上海一个大学教书，在二十世纪七十年代初，回到枫林养病。他被批斗致残，也和儿子断绝了关系。他儿子揭发他，说他日记里有反动的思想。新中国成立前，他曾做过《民锋报》的编辑，是个老地下党员。他在枫林养了四年病，又返回上海，继续教书。还有一个叫周绍程，一九八八年从台湾回来探亲，穿着西装，系着领带，皮鞋黑亮。他带来了电视机、照相机，给家里的三兄弟一人发了一千块美金。三兄弟还是住在祖屋里，一人两间瓦房。四兄弟喜极而泣，没想到有生之年还可以坐下来吃一餐饭。周绍程住了三天，回台湾了。念慈拿着叶从理的照片，给周绍程看，托他去台湾问问，有没有这个人。念慈裹着一个厚厚的花棉袄，佝着身子，对周绍程说：“我们都是同一个村子的，你应该还记得叶从理，他比你小两岁，属狗的。”周绍程说：“当然有印象，白白净净的人，很斯文，可我们在年轻时，也从无联系啊。”

念慈确信自己的老公早死了，不然，他不会没个口信带回家，没有只言片语寄回家。但她又确信自己的老公还活着，她相信她老公的话，无论走多远，走多久，他会回来，回到有血脉的地方。有一次，她做了一个梦，梦见自己和叶从理坐一辆马车，沿着饶北河的河堤，往下游跑。天下着瓢泼大雨，马车颠簸得厉害。叶从理把她紧紧搂在怀里。马跑得飞快，跑着跑着，马车翻下了堤岸，被河水冲走。念慈从梦中惊醒，浑身热汗。她十多年没有做梦了。她是一个无梦的人。年轻时，她三天两头梦见叶从理。她睡不着，倒一碗黄豆在地上，一粒粒捡起来，捡好了，又倒在地上，继续捡。

过了五十岁，她不再摇船了，不是因为她年龄大了，而是渡口上游的窄湾处，搭了一班（座）石桥。也不知道为什么，饶北河的水浅了许多，水仅仅过膝。石桥是一组麻石搭建的，一个踏步一个方块麻石，二十三个麻石连成一座桥。她把橹板收了，放在家里的木楼上，作古记。她摇了二十七块橹板，每个橹板的摇手处，都被她摸得油光发亮，摸出黄黄的包浆。有的橹板开裂了，有的橹板断了半截，有的橹板绳孔损毁了。

在我孩童时期，渡口已经没了。渡口成了埠头，早上，男人挑一担水桶，从河里舀水，挑到家中水缸里，挑三担，用一天。女人在埠头翘起圆墩墩的屁股，露出半截白腰，洗衣洗菜。我们也常爬上柳树，抓知了。夏天的知了，吱吱吱，叫得人烦躁。

事实上，念慈早可以不摇船的。小学恢复之后，她也可以去小学教书，但她不想。可能她适应了摇船。摇啊摇，船到了对岸。心情舒爽了，她张开喉咙唱：

啊呵呵呢，啊呵呵
啊呵呵呢，啊呵呵
三月美景在饶北河呢
野花如锦云飞絮
细雨如酥柳垂烟
啊呵呵呢，啊呵呵
啊呵呵呢，啊呵呵
十年修得同船渡
百年修得共枕眠
愿得一人心
白首莫离分
啊呵呵呢，啊呵呵
啊呵呵呢，啊呵呵

香椿树一年一年长，变粗，枝开叶散。三月，香椿发芽，三两片芽叶，一撮一撮地抽出树芽尖。满福出生时，念慈养了一条小黄狗。狗脖子上戴了一个铃铛，走路时，当当当 。满福听到铃铛当当当响，便笑了，眯起珍珠一样的眼。满福十一岁时，狗老得走不动路了，倒翻的毛黏结。冬天了，狗也换不了毛，临近年关，狗老死在渡口，身上盖了一层白雪。

狗死后，念慈养了一对鸽子。她去摇船，鸽子呼噜噜飞到船舱篷顶。她喜欢鸽子。鸽子咕噜咕噜，叫得她心暖。 她也喜欢听鸽子起飞时，翅膀扑棱棱的拍打声。她是村里唯一养鸽子的人。鸽子多好啊，可以自由地飞，飞到树上，飞到稻田，飞到河岸，可以在天空盘旋，在屋顶跳来跳去。 她吹一下口哨，嘘嘘嘘，鸽子又飞到她身边。

一九六二年，满福十九岁，大队推荐他去部队当兵。他戴着大红花，被村里人送上木船。唢呐呜呜呜，一直在岸上欢送他。满福脖子上围一条毛巾，肩上挎一个水壶，站在船头，一边挥手，一边不停叫：“妈，妈……”

水翻出白浪。白浪，一卷一卷。

人散了，念慈还站在渡口。她突然觉得自己老了，整个人空了，空得干瘪，空得只剩下牵挂。像一根油麻秆，油麻被收了，留下空秆子。初秋的夕阳，像一团旺烧的火。山梁从天边斜下来，有着黄昏时分的幽暗和明净。初熟的田野，像一块烤饼。饶北河漾起霞光。柔和的光从树的间隙投射过来，突然让人伤感。山噪鹛乌压压的一群，从河滩飞起，嘘喔喔喔，掠过油榨坊，掠过村舍，飞向山边的灌木林。十八年前，她也是站在这棵柳树下，送别了再无音讯的人。有太阳上山，就有太阳落山。她看惯了落日，但这一天的落日下坠得特别慢，圆圆的，红红的，一漾一漾。

没有什么可守了，除了渡口和一条木船。

渡口的右边，有一个三角形的泥滩。秋季，泥滩上的红蓼结满米粒大的红花，一束一束。蓼花刺鼻的辣味，念慈喜欢。她喜欢的东西，已经不多了。

当了八年的志愿兵，满福转业，被安置在南昌一家拖拉机厂上班。恢复高考后，又读了大学。读大学的时候，他孩子已经六岁了。

在我初中毕业的暑假，我还见过满福的母亲。她六十出头，头发有些卷，一半的麻白。她中等个，腰板笔直，在河滩侧边的菜地种菜。她的脸有些皱，肉纹一层层。她的视力不怎么好，眯着眼睛看人。她一直一个人生活。她养了好多鸡鸭，生了好多蛋，她也舍不得吃，留着，等满福回家了，带到南昌去。有时，满福三个月也不来一次，蛋坏了，发臭。

饶北河的冬天，比别处来得更早。冬至之后，封冻两天，大雪在灵山山顶落一次，落个半天一夜。白白的雪，盖了山尖。再过十天半个月，下一次冷雨，封冻两天，北风呼呼叫，大雪无遮拦地盖下来。飞鸟没了觅食处，躲在树上，呀呀地叫。黄鼬跑进了农舍的鸡圈，叼走鸡鸭。

老人最难熬的是寒冬。

在最冷的一个寒冬，雪积满了门前的台阶。念慈卧了半个月的床，熬不住了。满福守在母亲身边。母亲蜷缩在床上，身体在收缩变小，变得干硬。她的眼睛看不见人了，却睁得灯笼一样大。她曾经的圆脸，变得瘦削，颧骨凸了出来。她的两排白牙慢慢发黄。她的手上，始终抱着镶嵌了叶从理照片的相框。

渡口边上的两棵香椿树倒下了。他母亲没交代任何事。在清理遗物的时候，满福发现一个箱子，里面藏有满箱子的信件。信件是他母亲写给他父亲的。他和他母亲一样，始终不明白，他父亲所追寻的东西，到底是什么。

木船，一直系在柳树下。船板已经慢慢腐烂。

水声淹没

空气中仿佛悬浮着往年湮灭的鼻息，凝结了飘落的声响。那般潮湿，细微，渺远，暗淡。一个人走进祠堂，会被它包围而来的寒气、阴森所震慑——高而空洞的屋顶，粗壮光滑的柱子，梁上刻着群兽的浮雕，豁开砖缝的墙壁，斜斜陡坡的天井。在雾气漫散的冬天的早晨，它的气息是腐烂的（时光的过去式），静止的（让人想起封冻的河水），向内心扩散（像扩充的句群），浸透全身（永久的记忆）。在枫林小学，我所遭遇的早晨迷人而惊慌。

祠堂呈“回”字形，进门口是对称的四小间教师办公室，过了天井有个大教室，拐过小门，是两个扁长的小教室。村路从东墙弯个直角，到了一片墓地，柿子树喷泉一样往高处涌，又翻卷而下，秋天，红红的柿子耀眼地晃——那是液体的灯笼，两户低洼的人家与菜地构成了被遗忘的（他处的）荒野。我坐在教室里，稍微扭转头，可以看见路上挑担的人，一群戴白帽送葬的人，边走路边织毛衣的妇女。西墙内是一畦菜蔬，绿油油的，一棵野桃树翻过了墙头。与祠堂形成对角的是两栋砖混楼，松木的楼板，咚咚咚，脚步的节奏在廊里回响，扬起的灰尘在阳光中迷离、闪烁。中间的空地是操场，通常被农家用于晒柴草、稻谷、咸菜、红薯渣，打豆荚，摆宴席。晚上的露天电影也在这里放映，露水打湿了睫毛。那是我的胎盘。我的摇篮曲。我遗失的照片。我模糊的水渍后的显影。奔跑的灵山卧了下来，它的曲线是我最初的素描。层层向上推移的山峦，像骏马鼓起的肌肉，远远看去，茂密的杉林也成了油绿的绒毛。

在小学与公路的夹边内，是一个废弃的瓦厂。春天的红花草点起大地的灯盏，在弥望的翠绿中漫游，壮阔无边，从饶北河漫溢过来的惺忪的气息让人微醺。养蜂人来了。瓦厂的空地摆满了蜂箱。蜂箱是个立方体的木板小房，经过多年雨水的浸泡，木板留下了岁月的指纹。养蜂人来自上海，两个三十多岁的男子，一个年轻的女子，说软绵绵的普通话。男的清瘦高挑，爱穿蛋白色的衬衣，修长的喇叭裤，爆炸式的卷发。女的穿连衣裙，肌肤白净。瓦厂有一排矮房，像养蜂人暂时停靠在异乡的货车，斜出的平台也成了旅途上的亭子。

站在平台上，田野、山峦、河流、村舍尽收眼底。春天的雨水绵绵，花朵低着头，让我们感到大地是羞涩的。养蜂人会教村里的年轻男女跳舞，仿佛是蜜蜂的音乐会。学舞的人很少，慌乱地被两只陌生的手移来搂去。围观的人就哈哈大笑。有一天，我上学路过我的邻居家，看见邻居的女儿被吊在梁上打。她叫华华，还不到二十岁，靠手织毛衣挣钱，有事没事都往那儿跑，与养蜂人搂搂抱抱地跳舞。她哥用绳子抽，边抽边问："上海佬有什么好？饭都没得吃，蜂蜜能当饭吃？你再去，就把你腿打断。"华华不哭也不说话，但泪水哗哗哗地喷涌。过了几天，我又在平台上看到她，仿佛不曾被抽过。在我十八岁那年，我读到屠格涅夫的《初恋》，再次想起她。华华嫁给了巷子里的曹鱼四。鱼四父亲因得了出血热过世没几年，家境贫寒。鱼四在一间破旧的矮房子里修收音机和钟表。村里没几户人家有收音机，生意很清淡。他靠在一张摇椅上，跷着二郎腿，听收音机。收音机放出的音量很大，嗯嗯呀呀，巷子里的人都听得见。村里几个姑娘，在中午或傍晚，喜欢到鱼四这里玩，听流行歌曲。邓丽君的《甜蜜蜜》《何日君再来》《我只在乎你》《夜来香》《在水一方》，凤飞飞的《爱在你心口难开》《我是一片云》，徐小凤的《卖汤圆》，罗大佑的《童年》《恋曲一九八〇》，常被电台播放。鱼四右眼有些吊，身材魁梧，爱讲西录（方言，笑话），逗得姑娘们前俯后仰，哈哈大笑。过了一年，华华的肚子挺了起来。结婚后，他们苦了很多年，孩子的衣服也靠邻居的旧衣物接济。鱼四不愿做农活，用牙签剔长长的指甲，哼着流行歌曲，靠在摇椅上，眯着眼睛。他的两个孩子，也没读什么书，初中没毕业去了义乌做工人，做了将近二十年，也没娶上媳妇。华华急死了，可媳妇急也急不来，四处找媒婆。找了几年，她不找了，说：“各人有各人的命，命里怎么样就怎么样。”她肥胖，穿一件松松垮垮的睡裙，太阳没下山，去水库散步，来回走一趟，三公里。在水库的岔路口，有一块水泥平地，她和几个妇女摇着手扭着腰，跳大妈舞。鱼四候在麻将馆门口，从裤兜里摸出一根纸烟，等人上桌。

养蜂人的菜蔬是用蜂蜜交换的。到了星期天，我就到田野割野荠苗。他们最爱吃，炒炸豆泡、白菜心、咸肉，煮鱼，打羹汤，野荠苗都是非常好的佐料。我端个小碗，还没到家，就把蜂蜜吃完了。养蜂场是一个神秘的世界。那是我们的天堂，放了学，蜂拥而去。我们看他们刮糖，分房，抽浆，晒网。

到了深秋，他们被一辆大货车带走。空地上留下密密麻麻死了的蜜蜂，破烂的蜂箱，与墙角里的瓦桶瓦砾竹刀座架一起，被扔进记忆的废墟。村庄瞬间枯寂，瑟瑟的秋风给视野压了一层深色的灰暗。田野变得瘦瘠，虚弱的宽大的景象让我无由地感伤。我知道来年的春天他们还会来，我们盼着紫云英花开。

从祠堂的大教室往里，分别是一、二、三年级。李英坐在大教室的最后一排，不是因为她身子高，豆秆一样，也不是因为成绩差，而是她经常拉尿在身上。一下课，我们就围过去，看地上湿了没有。她通常低下头，脸色羞红，突然哇地哭起来。班上没人跟她说话。我们也看不到她说话。放了学，她拿起刀、绳，就去砍柴。我妈说，你跟李英一起去吧。我觉得很羞耻，哭闹着不去。其实，她是心地很好的人。她砍柴快，还要帮我砍。我是动手能力过差的人。第二年，她爸打她也没用，她死活不上学。我初中刚毕业，她就嫁人了，在一个高山上，靠砍柴糊口。有一次她妈领着她到我家借米，她挑着箩筐，头发乱得像草窝，鞋垫一样细长的脸，还蜡黄。她把米挑出我家的门，也没说一句话。我再也没见过她。她妈常说，李英做得苦，一辈子做了两辈子的体力活，即使生活好了，也没放下过活。她妈这些年身体不好，医药费也由李英供着。李英有个弟弟，是个老石匠，可是赚不到钱。老石匠好玩扑克牌，打炸弹，嘴角叼一根烟，烟灰落在衣服上，也不拍一下。玩牌误事，常把东家的事忘了，赶不上工时，渐渐地，也没什么人叫他上工忙活了。他还好女人。村里有几个留守妇女，都和他有说不清的关系。有一个比他大十来岁的女人，也和他有关系。这让他被村里人耻笑。他极力否认，说："我怎么可能这样没名堂呢？"电鱼的余青反驳，说："去年端午头夜，我去打鱼，鱼灯照到的两个人，你说说是谁哇？"老石匠一脚踢过去，说："就你喜欢掏屎。"

三年级我们开始有了英语课，却没英语老师。一个黄瓜脸的上村的人找到学校，说能上英语课。他走进教室，我们既兴奋，又鄙视他——他是游手好闲的人。他的女儿也插班过来。她叫玲凤，细白，颀长，穿一条水蓝色的连衣裙，宛如一根细葱。一年后，徐老师搬到我家弄子的一间老房住，我经常去他家看连环画。他因有海外关系从灵溪移居而来，躲避复杂的社会。我小学毕业以后，再也没见过他一家。他仍生活在村里。于我而言，他们成了不知去向的部分。生活能把一些人与事隐藏起来，像枝上的豆，我们看到的只是壳。

全初圆老师是我童年的见证人。我师范毕业分在西山中学教书时，到她家玩，我说，我完全不知道我小时候长得啥样。她说我有些胖，白净，像个小瓷器。我记得我在冬天爱戴一顶长耳的棉帽，穿笨重的袄。有人叫我日本兵。至于长相，已经成了焦煳的胶片。全老师从一年级一直带到我小学毕业，她也嫁到西山，离开了枫林小学。我吃过午饭，就去她家，然后我们一起去学校。她的家是一栋徽派建筑的大房子，过一扇门一个天井。后院有一棵柚树，四月，粉碎的白花垂下来，雨滴也垂下来，正午的时光变得迷离多姿。她对我宠爱有加。她从不检查我的作业，因为在上学的路上，已经问询过了。她有圆月一般饱满的脸，披肩发，笑的时候会露出两个酒窝。前几年，我在村里见到她。她来娘家拜年。她已经退休了，头发白得像麻。十几年前，她儿子偶尔会给我打电话，舅舅，舅舅，叫得亲切，也会来我办公室坐坐。有一次，他说他母舅手指被机器切断了，急需用钱。我给了他。他再也没给过我电话。

同班的粉良和我同年同月同日生。我妈说，接生婆接下他，再接的我。他是极其聪明的人，上课做尽恶作剧，成绩却好。他的毛笔字常被老师表扬。后来他去了隔壁乡中学读书，我们再也没有欢聚在一起。听他哥说，他变了，学会了喝酒抽烟，跟社会上的人打架。没过几年，他被判刑。一九九九年，我去深圳玩，在南山意外遇见他。他有些胖，和一个离婚的女人在一起。我认识这个女人，丰腴，皙白，五官精致。但她名声不怎么好。说起她的人，都摇着头。他们后来也没结婚。至于他和谁结婚，结过几次婚，我一无所知。我们虽同在一个村，也没有一起喝过茶，甚至没照过面。

从我家门口去学校，一条是大路，一条是小路。上学走小路，放学走大路。

小路要经过一片田畴，一块墓地，翻过矮墙，再拐一条“2”字形的弄，从陡坡下去直通学校。我经常迷惑于这条路，它仿佛是熟悉的迷宫。它的景色繁杂而单一。它的四季迷眼，令一个少年恍惚。田畴向两边打开，像一把扇子。油绿的，延伸的，张扬的。秋天，稻田涌起泛滥的金黄，与山冈上枯萎的茅草、红色的小枫树、墨绿的油茶树，连成一片。多年后，我在米勒的油画中读到了它。它是粗砺的、堆叠的，也是尖细的、内敛的。

不走大路上学是有理由的。出了我家的弄，是一个“丫”字形的村口，一年有那么几天，那儿会摆上紫红或深黑的棺材。通常棺材在深夜摆好，第二天清早到饶北河买了水，抬到山上。村口成了死者在村里最后停留的驿站，像一个令人留恋的寂寞的街市。我颠着小屁股，唱着儿歌，弯过弄口，突然看见一副棺材，哗啦一下吓哭了。仿佛我看到的不是棺材，而是死者。这样的恐惧会伴随我很长时间。在我六岁那年，我看过死人。我叫二爷的邻居死了，我妈说，向死去的老人上香会有福的。“金香。金香。”我妈喊二爷的媳妇，没人应。房子是长条的厢房，很暗，稻草腐烂的气味和发霉的潮气混合在一起，让我晕眩。我妈拉着我的手，推开厚厚的木门，刚要跨过高高的门槛，就看见一个人躺在摇椅上，身上盖了一块白布。我夺路而逃，一直哭到家里。这是我有生以来关于死人最早的记忆。我再也不敢看死人，我祖母祖父外祖母在我成年后相继过世，我都不敢掀起他们身上的白布。我不知道，我是不敢看死人还是惧怕死亡本身。

和我一起上学的，还有我二哥（我奶妈的儿子）。一棵枣树和一棵柚树会耽搁我们简短的时间——二哥猴子一样爬树，小书包不一会儿就鼓起来。枣落了，柚子的瓤也甜了。柚和枣是李家的。我负责放风。我十几岁时，奶妈一家迁往沙溪王东风。我去过多次，但都没看到二哥，他常年在浙江做石匠。二〇一二年正月初一，我突然很想奶妈，早早去了沙溪王东风。奶妈说不出的惊喜，拉着我的手，舍不得放。我们一家人坐在一起吃了午饭。二哥不怎么说话，他新建了房子。我回城上车，奶妈和二哥一直送我到马路。奶妈逢人便介绍我：“这是幺子，幺子想我。”二〇一三年，我伯（奶妈的老公）过世，我去了。奶妈整个人都干瘪了。

孩童时代，我吃得最多的水果就是柚子。我家有两棵柚子树。我奶奶坐在院子里守着，从开花到最后一个柚子落地。她是泼辣的人，没人敢招惹。她坐在竹椅上，一边纳鞋一边自言自语。同学枝兰也会带柚子去学校。她一瓣一瓣地分好，一瓣卖一毛钱。我们是前后座，她语文好。她会自己做写字板。在白纸上涂匀猪油，再铺一张笛膜纸，字写在笛膜纸上，字满了，一掀，字就没了，像隐身术。做算术是最好不过了。她会把神秘的写字板送给我。后来我去镇里读初中，我们再也没同班。

吃多了柚子的人，也成了游子。柚是命运的一个暗喻，是分离和飘荡。

夏天，班主任给了我重要的任务：中午谁也不许到河里游泳，必须在课桌上午休。离校三百米处就是饶北河。茂盛的柳树和洋槐，把河流紧紧包扎在田野的裂缝里。我们都去那儿游泳。我不知道世界上还有没有比河流更吸引人的东西。但饶北河是我们的乐园，带给我们无限的欢乐。我们游泳，把石头一个一个地翻开抓螃蟹，用饭粒钓虾，到河堤的石缝摸鲶鱼。即使是躺在埠头的黑石板上，枕着草结眯眼瞌睡，也舒服极了。穿过柳梢的阳光并不热烈，白白的，米粉灰一样。潺潺的溪流，听着也赏心。河风凉凉爽爽，风车扇出来似的。

我吃了午饭，慌慌张张跑到教室，拿出小本练习簿，同学来一个就登记上。课桌是长条板凳桌，上下各睡一个。天井的阳光斜斜的，有点飘忽，粉尘慢慢往下旋，微风一吹，又浮上去，有睡意一般的迷幻。桌上酣睡的同学叉开小腿，流长长的涎水，额上爆出细碎的汗珠。同学们大多瘦弱，衬衣打了补丁。我们的脸上蒙着小小的梦想和没有忧虑的神情。写大字课还没进教室的同学，会被老师安排在柱子旁罚站。奇山、正标差不多每天都在柱子旁度过下午第一节课。奇山黑得像熊仔，打赤脚，罚站时，左脚搓右脚，右脚搓左脚，还扑哧地笑起来。我们也扑哧地笑。

在校门口，通常有一辆自行车停在那儿。车把上搭一条脏脏的毛巾，上面印染着手握镰刀的劳动者的红色图案。后架用绳子绕两圈子绑个木箱，木箱是杉木板做的，原色而光滑，里面塞了个破棉袄，翻开袄的外襟，有一堆长方形的棒冰。绿豆的，一毛一根；白糖的，五分一根。很多同学因偷钱买棒冰而在家里挨打。上课铃响了，我们还围在自行车边上，不肯离去。为了一根棒冰，我会付出在太阳下烤半天的代价。星期六，我提一桶石灰水，掺上蓼粉，到水沟去毒鱼。在水源堵一个坝，把水引向田里，往小沟泼石灰水，在水尾装上竹饭箕。水潺潺地弱下去，像人慢慢断下去的呼吸。鱼也摇着尾巴边游边退，一直退到箕里。鱼有半根筷子那么长，滚圆的是棍子鱼，扁长的是红光头。我把鱼卖给开瓦厂的国标老伯，十条一毛钱。

整个夏天，我会被中耳炎所折磨。我的耳朵进了太阳照射过的水，会发炎。先是隐隐地痛，头像被什么箍得很紧，过了几天，内耳有压力，热热地胀，眼发晕。一发就一个多月。这种恐惧紧紧地伴随着我。有一年，村里来了个耍把戏的安徽人，我妈花了一斗米，向他求药方。他在我家的矮墙边找了一种短藤的叶片长绒毛的植物，对我妈说，把它捣出水，滴进耳内，滴七天就会痊愈。我爷爷一看，气呼呼地说，不就是猫耳朵嘛！还去了一斗米！叶子像猫耳朵，其实就是何首乌。何首乌在荒地、断墙根、坟地，四处蔓延。但我始终不敢在有太阳光的时候游泳，直到现在。

大概是一九九三年，小学迁到中蓬后山，建了一栋楼房，围了围墙，竖了一个篮球架。原来的小学被拆除卖给私人。祠堂是全姓的族屋，不知如何处理。紧靠养蜂场的厕所卖给一家诊所。小学离我家更近了，走路也就三五分钟。但我很少去。我的任课老师早已退休。有一个初中同学，在小学教书，也没有来往。我小学同班同学，有几个考上了大学，有一个还读了研究生。但这些同学，虽是发小，却很少来往。不是忙，也不是工作地域相距较远，而是个人情趣、人生观相差甚远。偶尔在正月，我摆上一桌，请几个同学一起坐坐。其他男同学都在义乌一带务工。女同学基本上成了留守者，当上了外婆或奶奶。有一个同学，叫其永。在初中，还玩得很热乎，我参加工作了，还一起玩。他一直打工，生活也过得紧巴巴。他再也不来我家。我几次叫他来喝茶聊天，他以各种由头推托。我再也不叫了。虽然两家只相隔三百来米，我已二十多年没见过他。他是个容易腼腆的男人。他父亲倒是常见，每次见，他父亲都说："其永肩上的沙灰桶，不知道哪一年卸得下来？"

有一个眯眯眼的男同学，十七八年前患上精神分裂症，常年被关在房间里。

一个叫标的同学，个子矮小，七八年前，老婆跟人跑路了。标不出门打工，也不种田，也很少在村里走动。他待在家里，也不知道干些什么。一个小名叫土生的同学，小学时，毛笔字写得很漂亮，年年毛笔字比赛，全校第一。他沉静，陀螺打得也很好，可以转一个下午。十多年前，他得了什么慢性病，体力活再也干不了。他的家在山边，还是二十世纪七十年代的泥瓦房，矮扑扑，窝在梧桐树下。吃了饭，他在村街上散步聊天，在这家屋檐下站一会儿，在那家屋檐下站一会儿。他的睫毛长长的，手抄在袖筒里。他的衣服布料大多是灯芯绒，黑色，黄色，暗红色。我不知道他为什么喜欢灯芯绒，从十几岁开始，直到现在，一直如此。我们在麻将馆喝茶，他在边上站着。我请他一起坐，他也不坐，即使空了位子，无人坐。即使我一个人坐，他也不坐，我只好站起来。

我女儿两岁时，发高烧，抱她去全其龙诊所打退烧针。诊所在老小学隔壁，即养蜂的瓦厂。废弃的瓦厂还保留着老旧的矮房子。我进厕所方便的时候，看见墙上有一行歪歪扭扭的墨水字："×××是傅旭华的老婆"（傅旭华是我童年的名字，作为符号，封存在遗失的成绩单里）。不知是哪年写的，少说也有二十年啦。

瓦屋上的星辰

枫林的冬天是特别阴冷的——风细细的如针扎，泥土干硬，我们不出门，坐在火熜上闲聊，有时，我们连门窗都关上，怕寒风侵袭了身体。尤其在雪天，茫茫四野一片白，看不到一个人。母亲时不时地站在大樟树下，对着屋后山峦叹气。她的眼里有浑浊的泪水。母亲不是一个脆弱的人，十八岁嫁给我父亲，过多的生育使她长年患肺热。肺热一发，满脸长出锅巴一样的焦斑，嘴唇干裂，母亲用手按住胸口，不停地咳嗽。咳是激烈的热咳，咳咳，咳出一口黑血。我小时候一看见黑血，就抱住母亲哭。乡村医生不知道是肺热，以为是肺结核，就开大量的利福平。母亲吃了一年，不见效，就停了，也不去看别的医生。她说，做一个药人，会把整个家拖垮。咳嗽，仿佛是一颗地雷，埋在家里。我们在咳嗽声中惶惶不安——那是一个令人恐惧的旋涡。有一年秋天，村里来了一个卖草药的凤阳婆，没地方夜宿，母亲说，一个女人在外不容易，来我家吧。凤阳婆住了半个月，草药也没卖出多少，临走的时候，对我母亲说，女人经常咳嗽是阴虚。她为母亲把了脉，说，是肺热，坐月子吃多了腌制的菜，没吃肉，落下了病根。母亲吃了几副凤阳婆的草药，好了，但根治不了，每年秋天发作，半夜咳得睡不下，坐起来咳。

翻过屋后山峦，下一个两里的陡坡，有一条浅浅的小溪，溪边有一栋阔大的泥瓦房。我外婆住在这里。皑皑白雪覆盖了山冈。母亲会嘱咐我："天太冷了，你去看看外婆。"母亲也没什么东西送，就送外婆几斤棉花。我不敢翻山去，走机耕道，要小半天。山上有野兽，尤其是白眉豺。豺也叫亚洲野犬，眉上有白毛，所以叫白眉豺，头宽，额扁平而低，吻部较短，耳短而圆，额骨的中部隆起，四肢也较短，体毛厚密而粗糙，毛色为棕褐色，尾较粗，毛蓬松而下垂，呈棕黑色，似狐尾，外形与狼和狗相近，但比狼小，比赤狐大。一般生活在高山林地或草甸，以鹿、麂、麝、山羊、野牛为主要食物，但也会袭击落单或单独行走在山道上的路人。豺是战斗力最强的犬科动物，既凶残又灵活。

山中常见白眉豺，三两只，闪电一样在山梁上追赶猎物。我们在山上砍柴，每次见白眉豺追猎物，手上都紧紧握住柴刀或竹棍，握得手心出汗，腿抖得筛糠一样。似乎白眉豺追赶的不是野兽，而是我们。我们把最阴毒的人，以豺作比喻："你这个人是一头豺。"这样的人，时时刻刻需要提防。白眉豺吃人的故事数不胜数。外婆家的村子叫童山。童山沿溪流峡谷走四里，有高山，叫五桂山。五桂山下有狭窄陡峭的岩石岭，叫驮岭。驮岭只有几户人家。一日晌午，一个上山砍毛竹的人，在山道走，总觉得身后有人跟着他。他回头看看，却不见人。山上的弯道走了两里多，他回了二十几次头。他坐了下来，看看到底是谁跟着他，坐了十几分钟，鬼影也没一个。他有一个相好，有时上山会带她一起。他便以为是相好，叫了几声相好的名字，也没人应答。他继续上山，到了竹林，被一双长毛的手勒住了脖子，无法呼吸。第二天，竹林里发现了尸体，尸肉完整，内脏却没了——内脏被白眉豺从肛门拖出，吃得一干二净，满地鲜血。

白眉豺吃人，谁也没见过。但吃水牛，都见过。豺是群体作战的肉食动物。一只白眉豺逗水牛嬉戏，另一只白眉豺跳到牛背上，在牛屁股上抓痒。越抓痒，牛越舒服，越舒服牛尾巴越翘，露出肛门和阴私。白眉豺用前爪插进肛门，拉出牛肠。牛轰然倒地，被白眉豺分尸进食，让人毛骨悚然。

白眉豺吃牛，谁也不敢救。白眉豺下山，整个村会沸腾，大声叫："白眉豺下山了，白眉豺下山了。"人人拿起锄头、砍刀，守在进村路口，把小孩关在屋里。我三舅不怕，说："白眉豺再厉害，也只是野兽，又不是抢粮的土匪，人怕野兽还得了！野兽怕火，举一个火把，白眉豺有多远滚多远。"

三舅是猎人，十几岁和他岙头的舅舅学打猎，除了我三舅妈，他没什么怕的。三舅妈咳嗽一声，他话到嘴边吞回去，看看她。我们问：“今年打猎赚了多少钱？”他看看三舅妈，说：“钱的事，你问舅妈，男人管钱有什么用啊？烟，舅妈会买；衣服鞋子，舅妈会买；吃喜酒，舅妈会去；酒，我又不喝，你说说，钱有什么用？”

童山是个山区，有深深的峡谷，森林茂密，山像两叶芭蕉。外婆是个小脚女人，空落了牙齿，吃东西一抿一抿。正月，我很喜欢去外婆家。外婆和大舅生活在一起，住在一栋六坪的泥瓦房里，面朝一条山溪。我们十几个表兄妹像一群不知道疲倦的老鼠，在迷宫一样的房子里穿梭。外婆抱一个篾丝编织的小火熜，猫一样蜷在厢房。她怕冷，也怕吵闹，她时不时用手杖敲门槛，瘪起嘴巴说：“这么多孩子，没一个人来管教。”大舅这时会站在大厅里，一言不发，看我们奔跑。我们一看到他，脚被钉子钉了一般，一动不动。我们都怕他。他在市里上班，只有过年才回家。他和蔼又威严，就连他的眼神都具有震慑力。他有一根长烟杆，杆头包了黄铜，像个大疙瘩，哪个孩子不听话，他举起烟杆，我们不敢哭不敢叫，蹲在地上，抱住头。可烟杆始终不会落在我们身上。他勾起自己的鞋板底，烟杆敲鞋板，一团烟灰落下来。我母亲和大舅特别像，长脸，瘦削，眼睛炯炯有神。临近傍晚，外婆把我单独叫到她厢房，吃一碗炖鸡蛋。鸡蛋是放在火熜炖的。一个盛清水的小碗里放几片干艾叶，蛋打在清水里，舀一勺白糖浇在上面，炖在火熜钵的炭火上，清水突突突地冒泡，蛋就可以吃了。她捂着火熄，靠在窗前的摇椅上打盹，头水碓一样一舂一舂，突然停下来，叫住我：“吃——蛋——啦。”口音很淡很长，有一股阴气，像从地里冒出来，带来地层的潮气。

在童山玩了几天，我又闹着去西山。西山离童山不远，过一个村头，再过一个水坝，便到了。堂舅德荣住在西山。他家有看不完的连环画。堂舅妈是个小学代课老师，为人很和善。堂舅也是小学老师，器宇轩昂，说话的声音很有磁性。他和我父亲，都是善酒的人。父亲送我去西山，喝到两眼发花才下桌。我参加工作的第一年，在西山教书。有时，我午餐没着落，也去堂舅家蹭饭吃，我自己上灶。二〇一三年，堂舅查出直肠癌，熬了三年，走了。在他患病期间，我去看过他。他才六十多岁，胡茬全白了，烟酒也早戒了。他走的第二天，我去了西山。堂舅妈并没有过多的悲伤，她说，你舅舅疼得太难受了，走了，是更好的解脱。堂舅活着，也许是受困于肉体和欲望的双层牢笼，生命的存在，也就形同在地狱漫游。

正月、腊月，山中会来大雪。白漫漫。下雪头一天格外冷。风呼呼往门缝灌。枣树的干枝摇得啪啪响。路面吹出皱纹，一层灰沙掀起。稻茬发白，变得坚硬。白菜被吹得发软，叶秆爆裂。雨稀稀落下来。坚硬的雨滴打在地上，有生脆的响声。清晨，山野白了。横在溪上的树枝，积了雪。脚踩一下树枝，雪畚粉一样落下。枣树上，柚树上，墙垛上，瓦上，稻草垛上，都是雪。我们抱着树，摇一下，雪落了我们一身。樟树的斜枝被雪压断，哐当一声，冠盖塌了半边。半片竹子林被雪压弯了腰，松树戴起了厚厚的白帽子。雪还在继续下，旋舞的白裙一样。视野苍茫。屋顶上的炊烟，只有弯弯扭扭的虚线。乌鸫在椿树上，呆头呆脑，四周看看。拴在树上的晾衣绳，和木棍一样硬。母亲望着扑撒的雪，忧心地说："不知道你外婆能不能熬过这个冬天？"一年能发生多少事情，只有一个老人才能掂量得出——人的一生，就像跑步，跑到最后，只能蹲在地上喘气，再也站不起来。

一九九〇年深秋，具体日期我记不清了。我还在房间里读书。天很冷。霜白了窗台，月色白了书桌。我突然听到母亲嘤嘤哭了起来。一家人都紧张起来，不知道发生了什么事。母亲说："刚刚听到外婆在水缸里舀水喝。外婆说：'水冷得塞牙齿，吞不下。'"父亲说："你妈在童山，怎么会来这里喝水？"母亲说："老娘可能过不了今夜。"说完，又哭起来。外婆无病无痛，好好的，父亲埋怨母亲莫名其妙起疑心。

第二天，早早的，表哥来报丧，说外婆走了。母亲一路走一路哭，父亲怎么劝也劝不了。外婆葬在驮岭对面的山坞里。出殡时，暴雨如注。山路太远，路又狭窄陡峭。母亲哭得不省人事，说，葬得这么远，以后谁会上山送一餐热饭给老人吃。送外婆上山的人，排了好几百米，浩浩荡荡，戴着白帽子。外婆有四个儿子四个女儿，枝开叶散，后嗣延绵。从小抱养在富阳的大姨也来了。小姨父也来了。大舅说："你这个妹夫，情太重了，受不了。"小姨父说："老婆好找，这么好的丈母娘再也找不到。”小姨在我十几岁的时候，便病死了。她得了肺结核，病了很多年，病到路走不了，人瘦得像一把稻草。小姨没有生育，抱养了一个女儿。小姨走了很多年后，小姨父才在余宅入赘。

第二年正月，母亲没去童山了。以前，无论家务多忙，她都要去童山住一夜。去过两次金岗山，也没去童山。金岗山离童山只有两里路。二姨生活在金岗山。二姨一生过于悲苦，生了七个儿子，两个儿子成年后死于意外工伤，一个儿子弱智一个儿子哑巴，另外三个儿子成了家立了业。姨夫过世后，她带着两个没有劳动能力的儿子，熬着日子过。没熬几年，熬不了，也走了。她满头的白发，满脸的悲苦。都说，苦吃得特别多的人，不知道苦是什么滋味，老了，会孩童一样乐观快乐。她却从来没快乐过。春季，哑巴表哥会送一扁篮的竹笋来，给我母亲吃。母亲爱吃笋。母亲烧很多的好菜给哑巴表哥吃，酒筛得满碗。我说：“四个人吃，哪要一大桌菜呢？太浪费了。”母亲说：“哑巴一年难得吃上一桌好吃的，难得来。”说着说着，母亲眼眶红了。

有一年，我表弟结婚，我没去。母亲回来跟我嘀嘀咕咕，说：“金岗山姨姨哭了一夜，伤心死了。”我说：“怎么会这样呢？”母亲说，表弟结婚时，讥笑这个姑姑没钱包礼金。母亲又说，姨姨把钱藏在棉袄里，找了好久没找出来，表弟就讥笑她了。随后，我把这个表弟的电话删除了。一个穷苦的人，不会有朋友，也不会有亲戚。我深信不疑。即使是侄子这样的至亲。

在很多年里，母亲种好几垄棉花。她想着她年迈的老母亲。外婆小脚，很少会出来走动，也很少来我家里住上几天。她怕冷，手上不离小火熄。火熄里焐着红木炭。年冬了，我送棉花去童山，为外婆弹棉被，或缝制棉袄棉裤。外婆有一个大衣橱，叠满了棉袄。衣橱上还有两个箩筐，箩筐里也叠着棉袄。初夏，外婆才出门，去大碑住。大表姐生活在大碑。大碑古树参天，溪流送风，清净凉爽。枣子熟了，她才回到童山。

院子有几棵枣树，中元节，枣子熟透了。枣皮上的红斑很是显眼。院子临溪边，沿着围墙，种了十几棵桃梨柚枣。枣熟，鸟也多，在枝头跳来跳去。溪边有高高的洋槐和柳杉，有苍老的枫香树。树荫遮住了门前的小溪。歇夏了，赤足下水，或坐在石板上戏水，几个人在水里奔来跑去，都是快活的事。木板桥横在溪上，我们从桥上跳下去，溅起高高的水花。

这几年，二舅走了，金岗山姨父和姨姨走了。大舅也在今年走了。大舅在床上躺了三个多月，整个人都萎缩了，他蜷缩在床上，身上长满了老年斑。九十三岁的大舅走得很安详，无病无痛，像沉沉的酣睡。九十一岁的大舅妈不吃不喝，守在大舅身边最后三天。相守了七十五年的夫妻，像两棵老树，渐渐地，互生在一起，成了一棵树。二舅走，我母亲伤心了很长时间。二舅鳏居了半辈子，也是我母亲照顾得比较上心的人。春冬两季，母亲叫我大哥开个车，去接二舅来住一些时日。山上较冷，她怕二舅受不了。我家人多，屋舍宽敞，二舅也很愿意来住。二舅和金岗山姨姨故去，我都在外地，没有送上最后一程。

掐指算算，我差不多近三十年没去童山了。表兄弟也大多离开了，在县城或在小镇落脚。长嫂为母，大舅妈是家族的主角。大舅妈在哪里，我们聚在哪里。大舅妈气度大，一年三百六十五天，至少三百天家中有来客吃饭。她九十岁了，还自己掌勺。她主持了所有外甥外甥女的婚礼。

前两年，我在安徽工作，竟然梦见了这个院子这座木桥。我不知道为什么会梦见。我带着我心爱的女人去童山，我们坐在矮墙上，恬美，无忧无虑。我用溪水给她洗脚，给她洗脸。我抱着她，听知了吱呀吱呀此起彼伏地叫。外婆坐在椅子上，慈祥地看着我们，露出水仙花绽放般的笑容。醒来，我大汗淋漓，靠在床头，恍惚了好久，人被抽空了一般。泥瓦屋有黑色的屋顶，瓦垄积了碎碎的树叶，窄小的木窗挂了一个圆匾。瓦屋有长长的廊檐，廊檐上码着木柴，一架木轮的儿童车落满灰尘。屋檐下的晾衣杆，挂了一排黄玉米。一只喜鹊在枫香树上嘎嘎叫。这些，我都梦见了。

昨夜，我又梦见了溪和溪边的泥瓦屋。一个老人坐在院子里，几个孩子在捉萤火虫。溪水叮叮咚咚。星星爆满了天幕。

河，河，河

“昌民先生昨天过世了。”我正在后院扒鸭粪，母亲站在篱笆外，对我说。母亲养了几只鸭，鸭粪多。每次回家，我都扒鸭粪养花。

“他很健朗，精神特别好，怎么就去世了呢？”

“人死起来，真快，要不了两分钟。死得快，没痛苦，双脚一伸，什么痛苦都没有。有福气的人，死得清爽。”

“老先生有九十岁了吧？”

“过了年，九十三岁。”

“后天元宵，过了元宵过世，更完满了。”

“哪有完满的人？谁知道自己什么时候死呢？谁又知道自己怎么死呢？”母亲八十二岁了。她六十岁不到，身子便佝偻了。在她这个年龄，她所经历的生活时代，不是我可以体会的。人的一生如二十四节气，我正处于秋分。我说：“去年正月初三，在水银表哥家吃饭，看见老先生。他满头银发，身子直挺，是个很有风度的老人。他一直健朗，耳不聋眼不花，白白净净，不吐痰不咳嗽，只是掉光了牙齿。”

乙亥年正月，雨水充沛。初一下雨，初二晴，初三之后便一直阴雨。饶北河流域有乡谚：“初三落雨，无路行。”这是一个多雨的年。雨绵绵，雨丝不停歇地纺下来。盆地不再开阔，白雾萦萦绕绕。高峻的灵山倒是清晰可见，如一艘停泊的帆船。母亲打把黑伞，抱了一卷白布、一盘鞭炮、一沓香纸，往上村老先生家走去。伞遮住了母亲半个身子，稀疏的雨线从伞布上披散下来。

在小学三年级时，昌民先生教过我英语。他是临时聘用的代课老师。在全家祠堂小学，他穿一袭青蓝衫，高高瘦瘦，面目清洁白净。他不是枫林人。一九五八年，他从浙赣铁路线边的灵溪乡，移民来到枫林。他带着小他两岁的弟弟昌书和弟媳妇，借住在大路边李家旧屋。

从灵溪、沙溪一带，同一年移民来枫林的人，有好几户：舒启列、余上庐、王金星、王金俄、舒昌民、陈敏荣、舒启洪、许农。他们挑着箩筐担，拖儿带女，沿饶北河而上，走了一天的羊肠小路，来到了枫林村。来的时候，他们都很年轻，四十岁不到，体格强壮，各个生产队抢着要他们。中蓬生产队田多人少，大部分人便安置在中蓬。舒昌民和许农是单身移民来的，到了一九六一年，舒昌民才娶了东珠。东珠有过十年婚史，前夫在景德镇服刑，后来在一家陶瓷厂做苦工。东珠前夫叫正山，是水银的三公。三公可是个厉害的角色。

饶北河西出灵山，在郑家坊董家，与古城河汇流，绕过孔雀屏似的山谷，向南而去。河水夏时汹涌，秋时羸弱。河始终饥饿，吞噬荒蛮。正山是个武师，身材短小，胆量过人，是武师但不教武。他是个卖壮丁的人。民国时期，国民党政府在郑家坊抽壮丁，两个男丁抽一个，三个男丁抽两个，五个男丁抽三个。一九四五年，一年抽六次壮丁，挨村挨户抽。谁也不想给国民党当兵，逃丁的人躲在大山区生活。有钱的人，买壮丁，买人顶替。正山有个姐夫叫吴猫猫，是村里的保长，好吃好赌好结友，手面功夫了得，方圆三十里，人头熟，知道哪家有钱，哪家舍得出钱。有钱人家要买壮丁了，吴猫猫叫正山去，顶一次收两担谷子。收了谷，正山穿大褂，去乡公所登记，被收兵员用大卡车拉走。郑家坊南出三十公里，有一条鸡公岭，坡斜路陡，路下是滔滔饶北河。上鸡公岭，正山跳车，从河中逃脱。

说起这个三公，水银无比佩服。水银抱着一个火熜，把香烟戳在炭火上点燃，笑起来，露出一排白白的假牙，说：“三公逃了壮丁回来，第一夜不回家，上小翠家。小翠奶奶你知道吧？她是相门的奶奶。相门的公，见了三公进门，在门槛坐一夜，守着三公上了小翠的床，到了下半夜，还得烧一碗面，面上盖三个荷包蛋，给三公吃。你说说，没有本事，吃得到这三个荷包蛋？脚腿不打断算好的了，何况相门的公是个蛮横的人，满脸横肉，可他就服三公。”

有一次，正山差一点回不来。收兵员来得比较多，卡车上站了六七个收兵员，扛着枪押解壮丁。车一直开过了贵溪，正山也找不到跳车的时机。快到鹰潭了，有一座信江桥，三里多长。桥晃得厉害，车上的人不停地呕吐，晕得人眼花，正山跳过车栏杆，落进信江。正是五月雨季，黄水浊浪，荒洪奔泻，正山游了一个多时辰才上了岸。

村河上游两里，有村舍，约三十户人家，是周氏族居地。村前有关隘口，把山中小盆地收进一个布袋似的山坳里。关隘口樟树茂密苍翠，山崖壁立，涧水飞泻，村子遂取名樟涧。樟涧多黄土山地，盛产红薯马铃薯，故也多产生猪。樟涧村有一个卖猪肉的人，叫猪松。猪松高大，卖猪肉不挑担，把猪搭在肩膀上，过饶北河，下右岸河湾，到枫林卖猪肉。猪松三十来岁，腰上插一把杀猪刀，手上握一把剁骨刀，好酒，喝了三碗老谷烧，在枫林余家摆上肉铺。他卖肉不用秤，一刀下去，一块肉切下来，多送客人半两。也好女人，一头猪只卖肉，不卖下水，下水分几份，送给相好的女人。正山最后一次从高畈卖丁，中途逃丁回家。相门的公对正山说：“正山，我们是堂兄弟，有件事，我得说，不说出来，你一辈子抬不起头。”正山在吃面，搁下筷子，看着相门的公。相门的公说：“你每次去卖丁，猪松都送下水给嫂子吃。”正山听了，也不说话，低着头把一大碗面吃完，上小翠的床继续睡。

第二天早上，正山在天井里磨刀。刀是伐木的扇山刀。

刀有一尺二长，刀口有半尺微弧内凹，刀背三公分厚，刀柄手臂长。磨了一个早上，还没磨好。东珠说：“怎么想起磨刀呢？打猎也不用扇山刀啊。”正山摸摸刀口，说：“一刀下去，不知道可不可以把山猪剁成两截。”东珠说：“抓山猪，用两齿钳就可以，哪用得着扇山刀？”

正山一直磨刀，磨得刀口锋白，白出一团光。快晌午了，猪松还在卖肉，见正山拖着刀出巷子，问：“冬至还没到，正山就去打青山了？”正山说：“青山没什么打的，想剁一头山猪，不知道山猪的骨头到底有多硬，这把扇山刀，能不能剁得动。”猪松说：“再老的山猪骨，也经不起白刀剁啊。”

“这个道理，你也知道啊。”正山咧开嘴，笑起来。猪松也笑起来。猪松笑开的嘴巴，还没收拢，正山拦腰一刀下去，猪松倒在地上，成了两截。猪松的手上还捏着剁骨刀，血从他嘴巴里滗射出来，呈弧线状。正山把两截的猪松，踢下水坑。水坑一米来宽，但水急，不一会儿，两截的猪松卷进了饶北河。

杀了人，正山回到家里喝酒，喝了一个下午，把一坛谷烧喝了一半。喝半碗，东珠添两个菜。添了十几个菜，东珠坐在灶膛前呜呜呜哭了起来。

第三天，正山被抓走了。

杀人的第二天，即一九四九年农历四月初九，枫林解放。枫林是中午解放的。十四岁的父亲去私塾的路上，被我祖父叫住了：“土生，土生，开放军来了，已经到姜村了，去买万响炮来放放。”村人叫人民军队，不叫解放军，叫开放军，知道他们是解救穷人的队伍。

解放军是从德兴新营过来的，夜间行军。德兴到郑家坊，得翻十几座高山。郑家坊是饶北河流域产粮地，也是上饶的粮食主产区。清末以来，郑家坊兵灾不断。一九二九年至一九三五年，方志敏部队和国民党部队在郑家坊一带，发生多次战役。一九四二年，在古城山发生过抗日战役，狙击日本鬼子的侵略。枫林与方志敏领导的横峰葛源革命根据地，一山之隔，对人民军队很熟悉。我八十四岁的父亲，仍然清楚地记得那天解放的情景。一个连的解放军从饶北河大滩头下来，走得很快，一会儿进了村。村里的土铳砰砰砰，响个不歇，炮仗从上村一直炸到下村。祖父戴着圆帽，欢送队伍走了三里多路。解放军并没有在村里驻扎，由连长沿街口头宣布："枫林解放了，人民解放了。”村民送上了米面、布料和银元。但解放军并没有收，只收了不多的红薯粉丝和鸡蛋。父亲说："看了开放军的架势，就知道这是个好部队，衣服虽然穿得破破烂烂，有的军人还打赤脚，但有精神气，给人振奋，这是一个国家的希望所在。”

民国时期，村中常有伤人杀人事件发生，凶手外逃几天；或送钱给乡公所，在外躲几天，待风声一过，又回到村里，并无警察追究。正山成了当地人民政府第一个批捕的杀人犯。

正山在乡里关了三天，被送往南昌的郊县新建关押。杀人是死罪。但正山的母亲（正山的父亲已过世）显得并不是很痛苦，看着儿子被五花大绑地拉出家门，喃喃自语似的说：“杀了猪松好，儿子不杀他我也要杀他。”

正山等待被枪决，埋他的坑都挖好了。

在执行枪决的当天早上，监狱接到了上级通知，把重刑犯全部押往景德镇，去陶瓷厂做工人。几十年的战争，耗损了大量的劳动人口，陶瓷厂急需大量工人恢复生产，却招不到人。新建监狱的重刑犯，成了陶瓷厂的工人，正山因此留下了一条命。

第二天，三十二岁的舒昌民来枫林。他住在李家旧屋，拉得一手好二胡，吹得一口好口琴。舒昌民于一九二六年出生在灵溪乡望族舒家，家庭富裕，饱读诗书，十八岁时去广州，做英文俄文翻译，出入各国领事馆。

一九五一年，舒昌民的父亲舒客卿“因罪”被捕。一九五八年五月四日，执刑人员从黄沙塘监狱拉出舒客卿，验明正身后，不换衣服，不赏酒饭，五花大绑，架上囚车，拉到丁家洲刑场，执行枪决。刑场人山人海，里外围了十几圈看热闹的人。被枪决后，通知舒家来人收尸。家人连夜掩埋，坟头也没留。此时，舒昌民正在南下的火车上，作为人民军队新的一员，即将开赴大西南，开展革命工作。到了广州火车站，舒昌民被通知遣返原籍，参加集体劳动。

李家旧屋有一个天井，穿过天井进去，有长条厢房。右边厢房有五六间，左边厢房只有两间。内屋后，是一个小院子和牲畜圈舍。舒昌民和昌书一家住在左边厢房。昌书牛高马大，不识几个字，做事糊涂，有一身用不完的蛮力。夜边，舒昌民端一条椅子，坐在天井边，拉二胡。他每天都要换洗衣服，蹲在溪边的石埠上，用手一遍一遍地搓，用油茶饼或皂角叶去污。拉二胡时，他换上半长的蓝布褂子，膝盖上盖一条毛巾。他拉的二胡，让听的人很是伤心。尤其是女人。听得伤心的女人，觉得舒昌民让人怜惜，便给他编手套纳布鞋缝袜子。确实，舒昌民被很多女人喜欢，但从来没哪个女人敢走近他。

李家子嗣繁衍如大蒜，一年旺六个八个，旧屋住不下人了，舒昌民没了去处。

正山被捕之后，东珠带着两个女儿，生活没了着落，用半边老屋做豆腐坊，夜里磨豆腐，早上卖豆腐。一九五八年“入食堂”，豆腐坊也关了，东珠像男人一样到生产队出工，下田种稻。东珠苦得舌头生疮，呼出的气一阵阵鸡屎臭。没了去处的舒昌民，便住在空出的豆腐坊里。

东珠是村里的一枝花，一枝盛开的玉兰花。她是村里最美的女人。她孩童时，和她姨娘学过三年的弋阳腔。她姨娘是当地班社里的旦角。东珠能唱连台大戏，如《三国传》《水浒传》《岳飞传》《目连传》《封神传》，也能唱传奇，如《古城会》《定天山》《金貂记》《珍珠记》《卖水记》。她有一双丹凤眼，菱角脸，唇薄但唇珠饱满，眉黑。在东珠奶奶七十多岁的时候，我还常见到她：娇小匀称，眉额较宽，穿斜襟的蓝布衫。生产队出工了，舒昌民也带一把二胡去。在休息的档口，舒昌民拉二胡，东珠唱戏。在田畈的草皮滩上，唱得好不热闹。她折一朵荷叶当绸扇，撩起衣袖，有板有眼地唱戏。她唱两句戏词，望一眼舒昌民。舒昌民侧头望她，微微笑。

没唱完的戏，没拉完的曲，他们回到老屋里续上。老屋有一个露天的四方天井，摆上竹椅子，顶着月光唱。邻居也端来矮板凳坐着，看他们唱戏拉曲。

借住没两年，他们便结婚了。舒昌民和东珠生的二女儿，和我同年，在小学时，也和我同班。他的二女儿叫凤美，皮肤白皙，个高腿长，也是一双丹凤眼。夏天，她穿一条水蓝色的连衣裙，像一朵水莲花。她胆怯，不怎么说话，放了学，拽着她父亲的衣角回家。

一九八一年下半年，我读四年级，学校突然要开英语课，请代课老师。村里有三个人能讲英语，一个是许农，一个是舒启列，一个是舒昌民。许农还是个单身，说话有些结巴。以前，他是个说话滔滔不绝的人。一九六七年以后，他受到了惊吓，说话开始结巴。舒启列有眼疾，一只眼睛始终朝天看，走路也佝偻着身子。学校选了舒昌民教英语。似乎没教几年，他又被辞退。辞退的原因，我也不太清楚。凤美读完小学，便留在家里砍柴打猪草，我再也没有见过她。村里有几个后生爱慕她，其中有一个后生叫良山，和凤美谈了一年多的恋爱，还帮她家挖过田割过稻子，最后也没成。舒昌民想留着凤美招个女婿，可良山的父亲怎么也不答应。良山的父亲说："我生个儿子，即使打单身，也不做别人的儿子。"凤美在村里待不下去，去了浙江义乌一家制衣厂做工，认识了上饶市郊箬箕坞的后生，便要和他结婚。舒昌民也不答应这门婚事，凤美背起包裹一个人去了男方家。男方觉得这个岳丈看轻自己，便几年也不去枫林一次。这让东珠很是后悔：“良山是个多好的后生呀，即使不招亲，但他是本村人，彼此照应一下，多方便！”

十几年前，我听说凤美和老公在上饶市光学厂小吃街做包子卖，生意很火。包子铺在老凤凰路口。这地方，我常去，可我怎么也看不出，哪个卖包子的女人是凤美。隔了几十年没见的人，又怎么认得出呢？人在生活中，会无声无息失踪，他的气息，他的模样，他的脾性，像水泡一样炸裂，变成水沫，无影无迹。

其实，舒昌民之前一直在村里教书。他教夜校。来枫林生活不到半个月，他发现村里会识字的人不多，有高小文化的人更是寥寥无几。他和大队提议，在全家祠堂开办夜校，按生产小组，组织青年人学知识。大队领导爽快答应了这件事。舒昌民白天种田，晚上教识字课。直到一九六六年，识字课被迫中断。

一九六七年春始，至一九六七年冬，舒昌民没出过房门：不剃头，不刮须，不洗澡，不晒太阳，不拉二胡，不吹口琴。吃饭都是东珠送进房间的。四卷本《毛泽东选集》和《资本论（全译本）》，都被他翻烂了毛边。《毛主席语录》和《毛主席诗词全集》，他倒背如流。谁也不知道，舒昌民为什么不出房间。东珠带着两个年龄稍大的女儿，在大队里干活。她像一个男人，虽然个子娇小，但敦实。她打一双赤脚，卷起裤腿，腰上扎一条汗巾。她剃男人一样的平头，戴

一顶尖帽斗笠。抛秧，栽田，打农药，割稻子，没有她不会的。生产队是按工分分粮的。年年分到她手上的粮食，都不够吃。她带着女儿，去燕坞垦荒，种红薯种玉米。燕坞离村里有五里山路。下雨天，生产队不出工，她便带着女儿去种荒。舒昌民成了一个活在村里又消失在村里的人。有人去东珠家里坐坐，站在房门叫舒昌民："舒先生？舒先生？舒先生！"他也不应答，坐在躺椅上头也不抬，继续看书。头一年，村里有人怀疑舒昌民死了。他可是个爱游泳的人。刚来枫林那几年，他天天去饶北河游泳，刮风下雨落冰雹降大雪，他都要去河里。他用雪抹身子，浑身被抹得通红，哈哈，使劲叫几声，站在高高的石埠上，跳入水里。噗噗噗，钻出水面，口腔里射出一股水。

可一年了，他也没去过河里。他不去游泳也不去摸鱼。是不是死了呢？有人在背后议论。有人问东珠："舒先生是不是回灵溪不回来了？"东珠瞪起眼睛："他是我男人，他在灵溪又没女人。"老屋有一个大厅堂，以前东珠都把衣服晒在厅堂。她把晾衣杆靠在屋外的廊檐下，把舒昌民的衣服晒出来。路过她门前的人，看见男人的衣服，嘟囔一下："舒先生这么爱干净，没下田，还三天两天洗澡啊。"

在和舒昌民结婚之前，东珠在村里有过比较多的传言，说她和某某男人怎么样。说得还不止一个。打猎的辨毛说得活灵活现：在煤山后的茶叶地，东珠和弹棉花的老八，把蓑衣摊在地上，两条蛇一样纠缠在一起。和舒昌民结了婚，东珠再也没了风言风语。东珠晒得皮肤黝黑，手指糙得像老虎钳。她弓腰驮着木柴，蹲着身子抱泥浆团。水田是泥浆田，积水无法排泄，人得把泥抱出来，形成排水沟。人陷在泥里，下半个身子都泡在泥浆里。抱泥是最累的体力活，是有一身好体力的人干的。东珠也去干，干一天，多挣点工分。生产队长看不下去，跑到舒昌民家门口骂："舒昌民，你盐油（注：饶北河流域方言，盐油即蜗牛肉）躲在壳里，是个活死人，东珠整天泡在烂泥浆里，你也不痛惜，你这个活死人，你有一口气，你给我滚出来，滚到田里去。"舒昌民也不应他。东珠拉着队长的手，说："各人有各人的命，我的命就是照顾他的。"

舒昌民第一次走出房门，没几个人认出他了。他的头发一直披散到腰上，皮肤像泡了水的馒头一样惨白，嘴唇没什么血色，手指纤细，说话结巴得很厉害。他又穿起了民国时期的长衫，青蓝色或麻白色或浅灰色。他不谈论自己的父亲，似乎父亲是一个和他完全无关的人。他也不谈论自己年轻时在广州时的事情——虽然那些风流韵事，我们广为熟知，他曾无数次谈起——越来越遥远的事情，会接近遗忘；即使不是遗忘，也是被血肉裹起来，成了肉身的一部分。也或许，人是因为遗忘，才可以慢慢活下来，活出草木一样的颜色，草木一样的浆汁。

像一个大病的人。他下不了田，在生产队记工分记账。生产队在简易的屋舍，屋外挂了一个高音广播。他负责播放广播。他慢吞吞走路，晃着身子。过了一年多，舒昌民才恢复了正常人的状态。也是从那个时候，东珠有了口头禅："菩萨保佑，菩萨保佑。”她和人说话，第一句就是：“菩萨保佑。”最后一句也是：“菩萨保佑。”

河在村前，一直弯来绕去，像一个时间的线圈。河似乎遗忘了岸边还有人世间，也似乎从来没有离开过人世间。饶北河一圈圈地打开两岸，打开四季，打开睡袋一样的天空。檫树开出了春天第一朵花，接着，开出了满树的花，黄灿灿，碎金一样。矮鸥沿着蜿蜒的峡谷，飞来了，嘎嘎嘎，叫得人心尖颤抖。哗啦啦的春水，流了出来，从草根里，从瓦垄里，从石缝里，从眼窝里，从散开又合拢的鸟群里。田畴成了泱泱草泽。亘古的春雨，使大地一再兴盛繁茂。亘古的秋风，使大地一再衰竭荒凉。河水浅下去，草黄上了岸，瑟瑟的芦花一低再低。大地一天比一天荒凉，直到被大雪覆盖，四野苍茫，灵山只剩下一团雪雾。

初来枫林时，舒昌民在河渡口栽了一棵樟树。栽下去的树苗只有筷子粗。他想看看，树多高了，树多粗了，自己才离开枫林。他在很多地方生活过，在南京读过三年大学，在广州做过翻译，在上海做过翻译。他去过无数个城市，枫林这个小山村，他从来没想过会在这里生活。他一直不结婚，不知道自己将来生活在哪里。他和东珠结婚时，他哭了整整一个晚上——与生俱来的东西，他永远无法摆脱。那是他看不见的东西，也是他的另一个肉身。那个肉身更重更沉，像一具僵尸。

一九八二年冬，大队部解散，改为村委会。村委会组织各生产小组人员，丈量了全村所有的山塘田地，登记造册，实行联产承包责任制。一九五八年移民来枫林的人员，实行自愿的原则，愿意留下的，按土著村民待遇，分山分田承包生产；愿意回原籍的，村委会出信函证明。

舒启列的二儿子全家，回到了灵溪。他大儿子已在枫林入赘安家，三儿子刚刚新婚。舒昌书一家回了灵溪。舒启洪病死多年，三个儿子留了下来，小儿子六岁的时候，被人从河边拐走。陈敏荣已死三年，孤儿寡母留了下来。余上庐留了下来。许农、王金星、王金俄，回了王东风。

我出生时，因母亲缺奶，我拜过奶娘。我奶娘就是王金星的老婆。一九八三年正月十三，蒙蒙细雨，冰凉透骨，在货车斗上，我缩在一张床板下面，去沙溪镇王东风村。奶娘迁离枫林，我送她。这是我第一次离开饶北河上游的盆地。到了沙溪，我整个人都快冻僵了。我第一次看到了铁路，看到了火车，看到了信江沿岸起伏有致的丘陵地带。二〇一三年秋，八十八岁的王金星患直肠癌去世，我去奔丧。王金俄的儿子德叔，一眼认出我。他是沙溪一带有名的风水先生。许农已九十六岁，正在稻田里，一个人割稻子。

留下来的，还有舒昌民。他有自己的家乡，百里之外，并不遥远。来了枫林之后，他却一次也没回去过。一个没有坟头的坟，在他心里，像一块埋在地下的碑。

一九八六年初秋，上村来了一个人，驼着背，脸纹如瓦缝，头发只有一层白白的毛茬，嘴唇有一条红肉翻出来的刀疤。他拎着一个蓝布的包袱，劳动布的蓝衫洗得有些发白，衣肩各打了方块的浅棕色补丁。他的左手缩在衣袖里，手掌内弯，五指内屈。他在东珠家的外天井，站了好久，望着屋里坐在椅子上喝茶的舒昌民。这是一个面生的人。秋天落日的余晖，洒在灰扑扑的天井里，洒在陌生人的身上。他的身上散发出一种咸鱼的气味。他站了一会儿，泪水慢慢流了下来。挂在屋檐的一串串红辣椒，已变干变瘪。晒衣杆上有两件旧衬衫，空荡荡，被风吹得唰唰响。水坑里的溪水在石板下呜呜呜地轻叫。不远处的饶北河，一阵阵晕黄。陌生人叫了一声："阿姆，阿姆（吴语，阿姆即我妈）。"无人应答。他跪在了地上。

陌生人是正山。他已七十二岁。他的面目已完全改变，无人认识。他的口音夹杂着景德镇方言、含混不清的普通话以及郑坊方言。余家的族长放了圆匾大的鞭炮，用柚子叶给正山洗了身，哆哆嗦嗦地说："人回来了就好，你还是余家的孩子。"

老屋里，还余了一间厢房，原是堆放杂物的，东珠把杂物清理了出来，让正山住了进去。正山已无法劳动。过了半年，他卧床不起。他得了很厉害的风湿，脚下不了地。舒昌民料理他，背他去河里洗澡，熬粥给他喝。邻居对舒昌民说："你人好，常年照顾一个不相干的病人，不发火，不怠慢，比胞兄弟还好。"舒昌民说："我理当感谢正山，正山不杀人，东珠怎么会成了我老婆？没有东珠我没有家，我得把正山当菩萨供着。"熬了两年多，正山熬不下去了。舒昌民给他喂粥，他翕动着嘴唇，看着舒昌民，白白的泪水流下来，泪水干了，头歪在靠垫上。

正山过世没几年，东珠也过世了。

人，每一个人，都必须遵从命运的安排。尤其在个人无能为力的年代。命运是一把看不见的西瓜刀，谁也看不见那个握刀人。

有的人，命带黄连，特别苦。凤美的妹妹裳美，即舒昌民的小女儿，留在村里招亲。入赘的人，是上田山人，姓吴。上田山是一座高山，有三十几户人家，交通不便，后生很难娶亲。吴家有三个儿子，老三是个阉割师，阉牛阉猪阉鸡阉鸭。他骑一辆海狮牌载重自行车，背一个红紫色的阉具箱，在各村转来转去。阉一个猪卵两块钱，阉一个鸡卵或鸭卵五毛钱。他也阉狗卵，把狗吊在树上，四肢用绳子绑起来，狗头套在一个黑色布袋里。阉刀长约十五寸，材质为铜合金，有弧形的尖刀头，背部有一个豆角形的凸角。他用酒精棉在刀锋上来回抹一遍，插入狗的隐秘处，血射出来，射到他脸上。狗汪汪汪汪，往死里叫，四肢僵直。把狗卵割下来，扔进一个玻璃罐里。玻璃罐里有土烧酒，血丝在酒里漫散开来。他把割下来的卵，带回家吃。

舒昌民家有一只猫咪，叫得让人惊恐，喵——喵——喵——屋顶上叫，窗台上叫，饭桌上叫；白天叫，晚上也叫。徐昌民有节律性失眠，每到初春，睡不好。猫叫得他心烦。他请来上田山人阉猫，说：“这个猫，特别会叫，周围又没公猫，叫了半个多月，老鼠也不去抓，箩筐都被老鼠啃破了。”阉了猫咪，两人在喝茶。裳美正在水井边，翘起丰臀，浆洗衣服。裳美说：“你们在作恶，猫咪天生就是要叫春的，不叫春，哪叫猫咪呢。”

一碗茶喝完，两个人把话说到一块去了。阉割师傅说：“上田山太高了，偏僻，不想在山里生活。”舒昌民说：“枫林好啊，来枫林啊。”

这样，上田山人入赘到了舒昌民家。过了两年，裳美生了白胖胖的儿子。孩子长到了五岁，上田山人死于意外。有一次，他去彭家坞阉猪，东家客气，留他吃晚饭。他喝了一杯酒，回枫林。彭家坞到枫林，要过一个水坝。他推着自行车，脚有点浮，跌下坝，浸溺在水里，自行车压着他。

上田山人意外死亡，舒昌民格外难过。他喜欢这个女婿，女婿虽然挣不了什么钱，但为人热心，活泼，爱逗老人高兴。

枫林有一个叫乐家的小村子，在早两年，乐家的三图师傅老婆去义乌做工，再也没回来，跟一个湖南人跑了。三图做面条卖，一个摇面机，一年摇四万来斤面，面是粗挂面，包装简单，但面条下水即软，筋道，好吃。村人都喜欢吃他做的面条。三图托开店的茅梁做媒，去舒昌民家说亲。舒昌民同意了，裳美也同意。但村里人不怎么看好这门亲事。三图有家，裳美又不可能离开娘家，两家人怎么一起生活，是个困难的事。两人生活不到半年，有了很多争吵。虽然是睡在一张床上的夫妻，但没吃一个锅里的饭。裳美也顾着娘家，三天两头从三图手上拿钱，三图哪有那么多钱呢？ 三图没及时给钱，裳美便生气，不来乐家，变得夫妻不像夫妻。

两人在一起生活，没三年，也就散了。两人合不来，还有一个原因：舒昌民不怎么喜欢三图。三图有些木讷。做面条也是花工夫的活儿，摇面，晒面，收面，切面，卷面，很费时间，做了一天的面，人也累，不愿动，去岳丈家里也不多。虽是一个村，一个月也去不了三五次，舒昌民内心很失落。舒昌民想，女儿留在身边是为了防老，做新女婿都不愿来了，以后更不会来。有了想法，他在裳美面前嘀嘀咕咕。裳美也不是很喜欢三图，每次上了床，她会想起阉猪的先夫。上田山人体格强壮，把裳美折腾得筋疲力尽。裳美就喜欢筋疲力尽后昏昏睡去。三图还没开始折腾，便倒头呼呼大睡。

岔里有个男人，和裳美一起在郑家坊读过初中，隔壁班，读书的时候，彼此很熟。因女方不能生育，岔里的男人离了婚，上门做了舒昌民的女婿。可结婚没半年，又死于意外。岔里是上乐公路边的一个小山村，在盘山公路急速下坡拐弯的地方。弯道弧度大，外地货车司机不熟悉路况，易翻车，每年发生三五次翻车事故。冬天了，裳美的男人去岔里挖冬笋。竹山就在拐弯处的坡下。他挖笋的时候，一辆拉氯气的油罐车侧翻，氯气散了出来，噗噗噗。挖笋的男人死得无声无息，全身发黑，死得好冤枉。

一个年纪轻轻的女人，死了两个男人，离了一次婚，村里人便说裳美是个克夫命。再也没哪个男人，愿意和她生活在一起。何况裳美还带着岔里人的遗腹子。七十多岁的舒昌民，又操起锄头下田。

孩子在一天天长大，村里的老房子一年年在拆。

村里没几栋老屋了，裳美也想建房，两个儿子春笋一样往上长，眼巴巴望着别人的楼房怎么行呢?

虽说是没有老公的人，裳美还是积了建房子的钱。至于这些钱怎么积的，村里有很多说法。一个没外出打工，又没做生意的寡妇有了做房子的钱，里头的说法，十天半个月也说不完。地基是自己的，钱是自己的，可房子一直建不下去——余家人不同意。余家有几个老人说："一个移民的女儿，在村里建房子，可不行。"

东珠毕竟做过水银十来年的三奶奶，虽然东珠已死了多年，但情分还在，再说，舒昌民是一个多好的人啊，在枫林义务教了那么多年夜校。水银把几个不同意建房的老人，请进家里。水银说："舒昌民先生在余家建房子，我们竟然不同意，我们还同意什么人来这里安家呢? 舒先生积言积德，这样的人，通枫林只有一个，我们要好好敬重。"

房子最终建了下去。可以建下去，倒不是因为水银说的话。不同意舒昌民建房的人，都是想霸占老屋地基的人。有贪心的人，女人有自己的办法解决。大嘴巴把这个话，说得特别恶毒："筷子筒插一双筷子，是筷子筒，插二十双筷子，还是筷子筒。"

这是村里最后一栋老屋拆除，建了新房。请酒是人喜事。大喜事得打麻子粿。在大厅，在院子里，摆上十几桌，请乡邻亲友吃麻子粿，喝土烧，也是体面的事。舒昌民吃汤圆一般大的麻子粿，吃了两个。麻子粿糯香温黏，老人吃第三个，麻子粿噎在喉咙里，下不去出不来。老人憋红的脸，慢慢变白，眼球凸出来，手死死地抓着自己的衣袖，两脚慢慢伸直，没过两分钟，已无鼻息。

旧　　痕

乙亥年正月十四傍晚，我在屋檐下喝茶。雨水飞溅，嗦嗦嗦的雨声，撩拨着寂静的巷子。巷子幽深弯斜，淡白的天光水晃晃。我和父母亲聊起老房子的事：“老房子是哪年建的？”

父亲说：“应该是一九六〇年。”

母亲说：“你老糊涂了，我没过门就建了，我来傅家玩，一个空空的门洞，门板都没有，老房子应该是在一九五五年之前修的。你家穷得门板没一块，只有我会嫁到傅家来。”

父亲抽着烟，嘿嘿地笑，说：“说明你有眼光啊。”

母亲说：“都怪那个剃头匠。”

我说：“哪个剃头匠？”

母亲说：“你没见过，你出生的前四年，他便死了。”

我说：“那你怪他干什么？”

母亲说：“弄里的剃头匠去源坞剃头，大雨天，看见我在水井边洗衣服，乖巧活泼，便给你外公说亲，傅家坐东朝西，你外公一概不知道，竟然答应了亲事。”

我说：“剃头匠是你媒人，他怎么死得那么早？怎么死的？”

母亲说：“剃头匠被人活活打死，吊在南瓜坞树上，说是自己上吊自杀的。”

父亲说：“好像是上吊自杀的，他的死，说不清楚。”

母亲说：“明明是被打死的，我亲眼看见剃头匠被三眯跳几个人吊在梁上，用木棍打。”

母亲又说：“一个人被打死，还被冤枉是上吊自杀，也没一个人敢指认他是被打死的。”

说着说着，母亲用手搓眼睛，呼吸有些堵塞，声音略带哽咽。

我说：“剃头匠有后人吗？”

父亲说：“有啊，野梨就是他儿子。”

我说：“想不起他长相了。”

父亲说：“方方脸庞，又瘦又高，像棵椿树，看到人，你肯定认识，他差不多七十多岁了，前几年，他房子搬到湖塘坑去了。”

一九四八年仲春，枫林去源坞的山路两边，野樱花一片白。两里多的山路，全是踏踏岭，三弯九转。自北向南的山梁，像马鞍。下了北岭，便是源坞。这是我母亲的出生地。源坞是一个漏斗形的高山山坞，有十几户人家，居住着洪赵两姓后裔。剃头匠背竹篾笼剃头箱，一个月上去剃头两次。方圆十里的山中人家，没有他不熟悉的。仲春，已是天燥地热，山花开遍。洪家以做道场为生，以降童子（降童子是道家的一种驱鬼道场）尤为出名。洪家善吃，家中常有客人往来。剃头师傅便在洪家歇脚，吃一餐饭下山，遂与洪家有了渊源。剃头师傅做媒，我母亲十一岁定下了与傅家的亲事，十八岁结婚。傅家本是富足之家，一九五三年开始没落，找一碗饭吃都很难。

我祖父有一个结拜兄弟，叫曹老三，家境殷实。曹老三牛高马大，善拳脚。一九五七年，傅家过年的米都没有。腊八节，我祖父对曹老三说："一家八口，过年了，总不能啃红薯，借半担谷子三斤肉过一个年。"曹老三爽快答应了。年前，我祖父挑着箩筐，去借谷。曹老三的老婆不说不借，说了一句软话："谷子是有，没长芽的谷子是不借的。"我祖父挑着空箩筐回来。第二天，剃头匠挑了一担谷子来傅家，扁担上还挂着两块斜刀肉。

这件事，让我母亲一直感念。她八十二岁了，还说："世上这么好的人，少有。"剃头匠有个小名，叫奀眯，喜欢做媒。他一边剃头一边说媒。山村各山坞，没有他不熟的人家。他眼尖，做的媒让人放心。他喜欢谈白。谈白是手艺人的嘴巴本事，不然，难接活，做事也枯燥。剃头师傅一边剃头一边天南地北地闲聊，神仙鬼怪，幽男怨女，像个江湖百晓生。癸眯天生幽默，去了哪家剃头，哪家笑声满堂。癸眯讨人喜欢，尤讨女人喜欢。年轻时，弄里有一个姑娘，和癸眯走得很近，也定了亲。因为癸眯是个剃头匠，家贫，以后也不会有什么出息，姑娘的父母亲悔亲，另许了峡口人牛皮鼓。

一九六六年冬天，村里有人诬告，说剃头匠在二十世纪四十年代，打着剃头的幌子，在各山村干了很多坏事。被诬告的人有五个，其他四个在大队部关了两天，便放了。关癸眯的第三天傍晚，我母亲去周家叫我父亲回家吃饭，路过大队部，听见屋里发出一阵阵惨叫声。雨很大，檐水浇在台阶上，哗啦啦作响，雨珠飞跳。我母亲穿着蓑衣候在屋檐下，拨开窗户缝，看见癸眯翻下身子，被五花大绑吊在厅堂横梁上。官葬山的蚱蜢，余家的老财、照关、三眯跳，用劈柴轮流打癸眯。蚱蜢把吊起来的癸眯往墙上撞，像榨油一样。

癸眯嘴角流出红色的液体，不停地惨叫。我母亲把衣袖塞进嘴巴，怕哭出来。母亲往弄里跑，告知癸眯老婆。密密麻麻的雨线遮挡了视线，路滑，跑不快。我母亲脱了蓑衣跑，浑身湿透。癸眯老婆到了大队部，屋里已经没有了声音。四个打手却不让她进去，说癸眯不在屋里。她和十六岁的儿子野梨，在屋檐下坐了一夜。

说起这件事，我母亲不停地晃头，说："我从来没见过死得那么惨的人，满身鲜血，不成人形。"

第二天上午，蚱蜢对癸眯老婆说，癸眯在南瓜坞，用裤腰带上吊自杀了，可以去山上收尸。

"这是我第一次听说，村里的人被同村人活活打死。为什么要打死一个剃头匠呢？"我母亲说，"巭眯的哥哥大烟公，也差点被活活打死，是我找酸金要了跌打药，救下了他。"

第二天早上，我去找酸金叔。酸金叔今年已七十四岁了，年轻时，他好打抱不平，结了五六个练武的把兄弟，村里的事，没有他不知道的。我问酸金叔巭眯一家的事情。酸金叔抽着旱烟，烟丝捏成一丸丸，塞进烟管嘴。"那肯定是打死的，毫无疑问。上山收尸，我和巭眯老婆一起去的。尸体吊在南瓜坞，被雨淋了一天一夜，有些发胀了。头骨都裂开了，脚骨没一寸是好的。"酸金叔说，"收尸那天，特别冷。雨沙子一样洒下来，打在脸上刮痛。巭眯老婆还不敢哭，嘴巴里塞着棉花。我从来没见过那么冷的天，我喝了两碗老谷烧下去，人还是冷得发抖。"

"打手是官葬山的蚱蜢，余家的老财、照关、三眯跳？"我问。

"就是这四个人，他们是村里出了名的打手。打手威逼了巭眯一家人，承认巭眯是自杀。遗书也是他们假冒的。巭眯目不识丁，哪会写什么遗书？遗书上的手印是巭眯死后摁上去的。你看看这四个人的结局就知道，没一个好下场。蚱蜢单身独卵，六十多岁了，上山砍柴跌下山崖，尸身也没人去捡。照关喝醉了酒，掉进茅坑，被粪水淹死。三眯跳被媳妇逼死，自己拿裤腰带上吊。三眯跳吊死的树，正是挂巭眯尸身的树，真是报应。老财生了四个儿子，大儿子挨了枪子，三儿子长个牛目，老财自己被风湿锁在床上三年，无人送吃送喝，活活饿死。死的时候，满身蛆虫。牛皮鼓那么阴毒，又得到什么呢？他儿子吸毒，没吸几年，整个家败了，儿媳妇跟东坑人跑了，子嗣没留下一个。人的一生，什么荒唐事都可以做，就是不可以做恶事。谁做恶事，阎王让谁死了也见不得人。”酸金叔说。他眉毛白白，圆目，四方脸，显得不怒而威。

“一个剃头匠，老实巴交的人，怎么会被诬告呢？”

“什么诬告，其实就是陷害。牛皮鼓阴险，他忌恨奀眯和他老婆定过亲。牛皮鼓和徐果老是把兄弟，徐果老在大队部诬告。徐国老，你又不是不知道，他就是一个花面人，是一条狗，扔一个肉骨头给他，他就龇牙咬人。徐果老喊贼，牛皮鼓抓贼。”

大烟公还有一个哥哥，叫庙老倌。庙老倌文武双全，三张八仙桌无论怎么叠，他一个跟斗都可以翻上去。他写一首漂亮的行书，村里的许多牌匾也出自他手。他去上海，是为了离开一个女人。庙老倌有一个邻居，是个外来借住的石匠。石匠女人温柔，弱不禁风，却美得动人。石匠外出做事，三五天也不回家。庙老倌和他老婆一墙之隔，有了你来我往。往来半年，被石匠发现。石匠暴打老婆。庙老倌睡在床上，听到隔壁房间的哀哭声，听到女人被咚咚咚暴打，忍不了怒火，翻身下床，暴打石匠。庙老倌用泥刀抵住石匠的喉咙，不是邻居解劝拉开，泥刀一定切断了石匠的喉管。一九四六年夏天，庙老倌去了上海。一九九三年春，大烟公的儿子喇叭收到庙老倌发自台湾的来信，说回枫林探亲。喇叭请木匠师傅打了新床，买了新被褥，可大伯一直也没回来。喇叭写了三封信去，也没收到回信。

打手并没有得到惩处。奀眯死后半年，又有人诬告大烟公。打手还是蚱蜢、老财、照关、三眯跳。我母亲去大队部烧饭，看见大烟公躺在戏台底的稻草上，全身青肿，满嘴血，人已奄奄一息。我母亲找到酸金，熬了一碗跌打药，给大烟公喝。大烟公在大队部关了八天，我母亲用一个毛竹筒，裹在围裙里，偷偷摸摸送了八天的药汤。酸金在大队部，守了八天。

大烟公在一九八九年过世。因被救下一命，他很感激我母亲，几次对我母亲说："我两个孙女，你看中哪一个，哪一个就做傅家的儿媳妇。"

弄里，有两条弄。一条直弄，一条斜弄。直弄住全氏家族，斜弄住彭氏家族。野梨及野梨的家，我毫无印象。弄里往东，有两棵大柿子树。秋天，柿子挂满枝丫，红灯笼一样。柿子树四周有十几个坟茔和两栋矮瓦屋。这里叫湖塘坑。我从酸金叔家里出来，沿半边街，去了湖塘坑。

湖塘坑的柿子树不见了，边边角角建了十几栋新房子。青灰色的田野一直延伸到饶北河边。我站在石板桥上，问蹲在门口吃蒸糕的妇人："野梨叔的家是哪一栋房子？"妇人四十来岁，烫着披肩的黄头发，穿着白色羽绒袄，抬眼望望我，说："你是哪家的？面很生。"

我说："傅家的。"

妇人站起来，朝门里喊了一声："爹，有人找你。"

一个半头白发的男人出来，有些诧异，说：“你是傅家的？都不认识了。”

我说：“我随意走，走到这里，想进去坐坐。”

房子有十来年的年数了，是最早建在湖塘坑的新房。野梨有三个儿子，老大做手工木雕，老三开了鞋厂，老二六岁时被人拐走了。有一年，也就是野梨新房建好的第三年，一个三十出头的卡车师傅在枫林停车，饿慌了，找饭吃。夜很深了，只有柿子树边的屋子还亮着灯。师傅叩开了门，野梨的老婆烧了一碗面疙瘩给他吃。面疙瘩里放了蒜丝、豆泡丝、咸肉丝、酱椒。师傅边吃边哭。野梨的老婆问他：“怎么吃哭了呢？”师傅说：“小时候常吃蒜丝面疙瘩，后来再也没吃过，只有我妈妈会做这样的面疙瘩。”野梨的老婆听了，哭得双肩发抖。师傅问她：“你怎么哭了，哭得这么伤心？”她说：“我二儿子爱吃蒜丝面疙瘩，六岁时，被人拐走，这么多年，也不知他在哪儿。”两人相认，抱头痛哭。

屋前的梨树开了花。我进屋喝茶。地面贴了花岗岩，墙上挂着牌匾。牌匾右侧挂着一个老妇人的黑白照片。老妇人坐在院子的椅子上，戴着纱帽，脸上是核桃壳一样的皱纹。我看着照片，对野梨叔说：“这是你妈的照片吧？怎么不见你爹爹的照片？”

野梨叔说：“妈走了十六年，照片是她八十岁过寿时照的，爹爹走得早，没留下照片。”

我坐了一会儿，也不知道说什么，喝了半杯茶，便走了。野梨叔给我一块蒸糕，说：“走着吃，骗骗嘴。”

看了看他门口的对联，我说："我妈来傅家，是你爹做媒，没有你爹做媒，我妈不会来傅家，也不会有我。"

野梨叔怔怔地望着我，说："你也五十来岁了吧，怎么突然想起这件事呢？你妈结婚时，我还是个孩子，跟我爹去接亲，你外公家的井水很甜。"

远去的河畔

又一阵冷风。

我没有动。晃动的，是走廊上那件空荡荡的衬衫。

——颜梅玖（中国·诗人）

粉尘般的木屑，咕咕咕，从钢锯的齿缝里吐出来。一根圆木横架在三角杈的木桩上，钢锯被四只粗壮的手，均匀拉扯。我蹲在矮墙上，木屑呈转动的半圆弧状，飞扬过来。最细最轻的一部分，从空中落下来，落在我发梢和肩膀上。木屑有积淀的阳光和松软的黄泥气息，还有因多年存放而滋生出的将腐的木香，在黄昏时分，一起扑涌而来。夏季收割后的田畴疏朗，田埂上的扁豆还在开花，青色的豆荚垂挂下来。白紫的花瓣拢在一起，小朵小朵，匀散在豆架上。豆架像一张屏风，攀满卷曲的细蔓。一条围着菜地的长石埂，有一圈油绿油绿的篱笆。那是枸骨刺，多边形的叶子，在叶角耸出一根针一样的刺。夜晚时，山鸡在篱笆下，咯咯咯咯。两个山坳从很远的深山里跑来，跑到一片隆起的山地，停了下来，狗一样趴着，吐起猩红的舌苔。田畴在狗卧的河边摊开，像一个葱花大面饼。空气中散发的木屑味，被揉进了面饼里，使面饼有了酥松脆香的口感。木屑扬起来，光线有向日葵的色泽和斑纹。慈爱的夏天。

拉木锯的人，是即将成婚的我未来的姐夫和他的叔叔。二十一岁的大姐在头年冬天，在兴建的樟涧电站工地里，和他相识。他是个木匠学徒，清瘦，个头不高，有粗粗的胡茬。 据说他一天能插一亩秧田，还连带拔秧。他是樟涧人，第一次来我家里，是清明节，送来了清明粿。粿是蓬蒿叶和糯米浸泡起来，磨成浆，沉淀，晾干，捏成荚，包笋丝、腌菜、咸肉、干辣椒，蒸熟而成。我刚从郑坊中学放学回家，走了八里公路。土公路把田畈分成两半，两排柳树和槐树甚是粗大。水渠依公路两边灌溉农田。田畈白泱泱的，秧苗正在薄膜下抽出细黄细青的芽。谷种黏在新湿黧黑的泥里，伸出白嫩嫩的绒须。爱在河边灌木和芦苇里筑巢的苇莺，一蓬蓬地栖落在树梢上。水田翻耕之后，蓄满了春天的雨水，汪汪亮亮，青色的田埂长满酢浆草和红梗蓼，泥花草和粉报春开出了皎白和粉紫色的花。田埂松软的略显潮湿的泥质，有一股春雨不散的清爽之气。桃花还在爆蕾，粉报春莲座的根茎铺摊在泥地上，浅粉紫的花冒出顶尖，花萼呈钟状，一朵朵围在一起像把小阳伞。白鹭三只五只，在水田里找泥鳅黄鳝，长长的脚，尖长的喙，从不远处看去，像是一堆尚未融化的积雪，在水面上被风吹移。每个星期六中午，我背一个帆布书包返家。在校寄宿一周，自己带菜，饭票用米兑换，另加一斤米一毛钱的柴火钱。我们住在一个教室改装成的宿舍里，上下两层的木床，围成一个“回”形，中间一个大木架，摆放箱子。我们一人一个大木箱，里面是衣服、碗、菜和零食。零食通常是焖红薯、炒玉米、炒豆，家境好一些的同学，则是酥饼、马蹄饼和豆末酥，但一经发现，就会被我们哄抢而光。章仕光是班里年龄最大的，箱子里放着烟斗和黄烟，一下课，飞奔到寝室，抽两口。每天中午，我躲在寝室里，收听《说岳全传》和《隋唐演义》。老鼠在木箱底下的阴暗之处，咬噬吃剩的米饭、不多的肉骨头和木桩。霉变腐烂的气味一直到了夏天，才慢慢消失。到了中午第四节课，我已没有心思听课，眼睛盯着敲钟人从门房走出来，我抱着碗，做好冲向食堂窗口的准备。敲钟人是一个五十多岁的人，像一根晒干的茄子。但他敲钟的手似乎特别有力，当——当——当——当。清脆，洪亮，悠扬。我几次对我父亲说，饿不住，有没有填肚子的东西带到学校去吃。父亲说：“那带一些炒米去吃。”“什么炒米？”我问。“白米炒熟，香香脆脆，放点盐，可好吃了。我去田垱砍木头，也吃炒米。”父亲说。其实，父亲不懂他这个羞涩腼腆、有些阴郁的孩子——他是想一个星期多要三毛钱，买馒头吃。馒头五分钱一个，白白的，拳头大，每天早上晾在竹箩上，蒸汽翻卷上来，弥漫得窗口白雾雾一片。竹箩搁在窗口里面，面粉熟透之后的香味一阵阵地涌出来。我端着碗，捂着鼻子快步离开——我怕我控制不住自己，把手伸进去，抓住一个白白的软软的热热的会黏牙齿的东西，不顾一切地往嘴巴里塞——有一个馒头吃，该多好。

土公路，是一条生了溃疡的肠道。灰尘在汽车开过之后，卷浪一样翻来。我沿着水渠走。水渠是泥堆砌起来的，泥烂的水坑里长满了菖蒲和芦蒿。丘角菱、格菱、银莲碎绿碎绿地浮在水面上，毛茛在沟边撑开金色的小花。鲫鱼在菱莲的水荫里，像暂时遗忘在一个梦境里。柳枝一直垂到我额头。在冬季枯水时，我常常提一个竹篮拿一个木勺，去水渠里捉泥鳅。用泥巴把水渠垒成一段，水戽干，手掌把泥翻过来，滚圆圆的泥鳅露出白肚子，还在睡觉。我把泥鳅抄进篮子里。这是最美味的菜肴了——柴锅红了，母亲把山茶油匀在锅面，放粗盐，将拍碎的蒜头和姜末扫下锅，泥鳅煎得微黄，把刚从地里拔来的蒜苗叶切小片，用冬米酒去腥，爆炒。母亲那时还年轻，四十八岁。她瘦削的脸上有一层皮斑，瓜子片一样。冬风猛烈，刮过肌肤，会留下风的爪痕。实际上，这是她肺热引起血虚，缺乏营养造成的。多年之后，我在市区工作，带母亲看中医时，才彻底明白—— 一个多生育而生存条件极其恶劣的女人，她的一生相当于受难。我母亲坐在廖兴辉诊所，说话的声音都是虚浮的，像浮在水面上薄薄的油花。当她把手伸向廖医师时，又缩了回来：她细而刚硬的手指，有龟裂的黑缝，手背几乎没有肉，树根一样的指骨凸起来。她吃了两年多的中药，才彻底根治肺热。而从她中年开始，她的大嫂每次见到她，都用手抚摸她耳边的头发，泪水涟涟地说：“兰花，你好好休息吧，不要做了，你活不了几年的。”是的。我母亲在每年秋天都会咳血，一口一口，黑黑的。先是一阵干咳，咳嗽声细泡一样炸开，像一粒粒飞速的石子。咳得腰直不起来，伏在门框上，咳，咳出一口血。秋夜，半寐半醒中，我被隔壁厢房里的咳嗽惊醒。我一下子身子全湿，心头燥热，身子发冷。窗子是木窗，窗台摆着一钵水仙花。夜空滴漏出来的虚光，把水仙花的影子投到桌面上，成了另一个静物。我在窗前，一直呆呆地站着。我父亲轻轻地唤我母亲：“兰花，兰花。”他把洋油灯点亮，端一碗冷水给我母亲喝。仿佛我母亲整个肺脏在燃烧，冷水浇下去，呲呲，灭了。到了冬天，母亲不再咳嗽了，但是脸上结了痂斑。母亲在炒泥鳅时，用一只手遮住眼睛，以此遮挡冒出来的辛辣油烟。她穿一件我大姨给她的靛青棉袄。这件棉袄，在她整个中年，都和她的冬天紧紧相裹。

母亲嫁女儿，我不知道她心里怎么想的。那时我已经十五岁。大姐抱着母亲哭了很长时间，说了很多略有愧疚又很是祈愿的贴己话。母亲只是说，女人总是要出嫁的，有什么可哭的呢？傍晚时分，大姐被一群接亲的人送上了花轿。嫁妆是木箱、脸盆、脚盆、棉被、八仙桌、火熜、木楼梯、衣裤鞋袜。母亲送了一副银手镯给大姐，临上花轿时被我祖母要了回来。陪嫁家具是姐夫和他叔叔打的。樟涧和我们枫林村，隔着一条饶北河。从石灰窑下的水坝，蹚水过去，往上河堤走二十分钟，就到了樟涧。姐夫的叔叔才三十多岁，那个夏天，都住在我家里。他喜欢看小说，每天收工，喝一小碗酒，在洋油灯下看书。我记得他有一本大十六开黄底黑素描插图的《射雕英雄传》。我二哥刚刚高中毕业，跟我大表哥学厨，午休时，抱着它在枣树下，读得插秧时间到了，还不知道起身。我第一次看长篇小说《钢铁是怎样炼成的》，是从阁楼上一个旧箱子里翻出来的。旧箱子里有很多书，卷边，发黄。有《红楼梦》《聊斋》《孽海花》《啼笑姻缘》《世说新语》等。有的书已被书虫噬破了，翻开的时候，碎纸屑和灰尘一起落在衣服上。每本书的扉页上，写着“傅土生”三个毛笔字。这是我父亲年轻时读的——在我记忆中，他从没读过书，除了写对联和记账，他几乎不用笔。只是在我和我母亲聊天时，母亲羞赧地说：“他是个读书人，我嫁给他的时候，他还是个大学生呢。”

母亲的娘家在水库背后的一个山坳里，在二十世纪七十年代初，迁移到山下童山自然村。每年正月，我拽着母亲的衣角，父亲挑着箩筐，去外婆家拜年。箩筐里是礼包、猪蹄膀以及一些其他土特产。灵山脚下的饶北河两岸，深冬来得很晚，像一尾逐水而上的鱼，始终跳不上那个拦河的水坝。大雪时节后，各家各户把不多的肉腌制起来，挂在屋檐下的竹叉上，任风吹日晒，直至肉皮渗出一层白白的盐霜花，日渐减少的降雨打在树梢、瓦楞、磨刀石上，冻成透明光滑的薄冰，天开始一日比一日寒。正月，呜呜呜的寒风从河边扑来，黄茅草倒伏在坡洼边。我紧缩在母亲身边。那时我还是个孩童，穿一双布质的棉鞋，上身是哥哥的棉袄改装的，显得过于宽大和笨拙。风一直从单裤里往上灌，我们要走两个小时才到外婆家。母亲把我裹在她的棉袄里。她身上有一股烫人鼻息的气流，在我体内环绕——在我四十多岁后，坐在母亲身边，这种气流依然笼罩着我：世界上，有一种永不凋谢的花，叫母亲——她的毛衣磨蹭得我脸痒痒的。她给我讲她小时候的事情，在源坞（她出生和成长的山坞），半年吃红薯半年吃玉米。说起她第一次来枫林，路过我祖父的家，一栋破旧矮小的泥瓦房，还塌了一个角。她想细看又怕被人认出，三步两步跳走。在五十岁之前，母亲没留下任何照片。我能记起的第一件与母亲有关的事情，是生产队在国庆时聚餐，放在我家。那时我五六岁的样子。我祖父已经建了一间大房子，坐西朝东。母亲穿一身红色秋装，在后院里做豆腐。她用一个大木勺，把豆腐脑舀起来，倒进木箱里，用纱布包着，盖上盖板，压两个大石头，豆腐水从箱孔里汩汩流出，水流干了，豆腐也压好了。 我跟在母亲后面，她把剩余的豆腐脑盛到碗里，调一勺酱油，撒几粒葱花，给我吃。从我家到外婆家，是一条山间小道。 冬季的雨水浸泡后，泥浆淤积，走路打滑。在山垄里，风有些阴森恐怖，发出噗噗噗噗的号叫，像一辆手扶拖拉机在上坡，噗噗，噗噗，熄火，挂挡，再熄火，再挂挡。那是一个陡峭的斜坡，拖拉机冲上去，又滑下来，再冲上去，再滑下来，噗噗噗噗。

童山自然村只有十几户人家，在一条溪边。外婆家有一个大院子，鹅卵石砌的矮墙围成一个椭圆的场院。东边院角有一棵香椿，三棵枣树。端午前后，枣树开满细小的米白米黄的花，从高大的树冠往下压，一片婆娑。细腰蜂嗡嗡嗡。西边的院角有两棵柚子树，毗邻厨房。矮墙外，是一排板栗树，和临溪的洋槐交杂在一起。山涧水从坞里汇聚而来，成了溪，是古城河上游的一支。溪水有一层层卷起来的波浪，石斑鱼闪着彩色的腰身，愉快地浪游。白鹳和大白鹭在深冬和初春之际，来到溪里，叼食小鱼和螺蛳。螺蛳是泉水螺，花生米一般大，深黑色的螺壳被一层青苔裹着。它只生活在寒凉的泉水里。夏天，我们提一个竹篮，摸螺蛳，从一个个鹅卵石的背上抹下来。它吸在石头上，在逆水的背部，张开吸盘一样的触须。它是一种极其阴寒的东西，长粉刺、烂嘴角、生口疮等热疾，喝一碗螺蛳水，第二天痊愈。用刷子刷干净泉水螺，用盐煮，放薄荷，异样的鲜美，亦是我珍爱的美食之一。恍然间，已有三十多年没吃过了。我和我表姐表妹一起，沿溪而上，摸满一篮子才回来。有一年，我已经到县城读书了，我的表妹在摸螺蛳时，被一条从菖蒲丛里蹿出来的五步蛇咬伤，过了两天，误医而死。外婆小脚，几乎不外出，坐在院子里或里间厢房里。她的牙齿掉光了，嘴窝塌陷，脸上的皱褶有一种木雕似的纹理，一层油蜡的黄色馏金一样敷在上面。她有四个女儿四个儿子，大女儿出生不到一周岁抱养给别人，至她仙逝，下落不明。她仙逝的第三年，我已经二十二岁了，大姨才从浙江金华寻亲而来。大姨已六十多岁，在我家玩了两天，却没有说一句话，只是跟在我母亲身后，走来走去。大姨头发花白，宽阔的脸上有一种近似木讷的迷茫——四十三岁那年，她痛失儿子，变得沉默寡言。之后再也没来过。在我十几岁时，外婆最小的女儿得肺结核而死。小姨的病拖了十几年，在五桂山上，单蓬独户，来娘家都要靠小姨夫背下山。据我母亲说，小姨死时不足六十斤重。小姨有一个女儿，小我两岁，在我八岁那年，只在外婆家见过一次。外婆对这个外孙女格外疼爱，中午吃饭，会在饭甑里炖一碗桂圆蛋给她吃。正月，很多表兄妹在这个溪边的院子里相聚玩乐。而我最幸福的是晚上可以抱着母亲睡觉。那是一张木雕花床，铺上厚实的稻草，再垫上一床旧棉絮，麻帐垂下来，用一个竹夹子夹住帐帷，房间里挂在横梁上的风干肉有一股油香。在我三个月大的时候，母亲因缺奶把我抱养给王姓人家。之后一直和祖母睡在一个房间。在家里，我几乎没有机会和母亲睡在一个床铺上——我的弟弟妹妹相继出生，她已无暇照顾她的第六个孩子。床铺在外婆房间里，父亲一直在喝酒，也许在酒桌边打个盹，天已麻麻亮了。我听到外婆均匀的呼吸声，像烛火扑哧扑哧地发出声响。我躲在母亲的腋窝里，窗外下着大雪。我像一只小鸟躲在母鸟的羽翼之下，簌簌的大雪已是另一个世界。我不知道，世界上还有比母亲的腋窝更暖和的地方。事实上，母亲去童山次数极少，一般是我的表哥表姐结婚或外婆生日才去。外婆于一九九〇年初冬仙逝。我便再也没去过那个山坳深处的村舍。在我四十三岁那年的大雪之冬，我第一次也是唯一一次梦见了那栋溪水边的泥瓦屋。溪水呈圆弧形，抱住一片乔木林，红梅绽放娇艳的花。我带着我深爱的女人，牵着她的手，过一座简易的木桥，倒影在水中荡漾，大雪覆盖了山峦。

在我大嫂嫁进傅家初始几年，母亲身体特别虚弱。不说全家十几口人缺衣少食，单是每天做饭洗菜洗衣，已不是一个本来体质瘦弱的妇人所能承受的。我长侄子出生时，我刚刚小学毕业。夜里，母亲披衣起床熬粥给坐月子的嫂子喝。火炉在我房间的门口，是泥垒的，可以烧木炭也可以烧劈柴。母亲一边熬粥一边剧烈地咳嗽。我说，以后的粥我来熬吧。你怎么会呢？生熟都不知道。母亲说。我说熬了才知道。此后，我每天半夜起床，把火炉点起来，放木炭，烧红，炉子摆在炉灶上，注清水，水沸，把浸泡好的米倾入。坐在炉灶前，我用一把破旧的蒲扇，把炭火扇得通红。不一会儿，米浆水从炉子口漕上来，我用筷子不断地搅动，气泡浅下去，直到米浆水沸而不漕，盖上炉盖，小火慢慢煨。我靠在火炉前，脸红红地发烫，火的热气漕出来，夹裹全身。家人都在熟睡之中，弄堂黑黑的，蛐蛐在低声地叫，呿呿呿呿。夜鹰掠过，哇呀哇呀，受惊的婴孩一般尖叫。粥煨半个小时，米香四溢。黏稠的米香有一种米糖的味道。用勺子把红砂糖放到粥里，调匀，稠稠的淡浅红淡浅黄洇开。我多熬一碗，给母亲喝。在我十五岁时，父亲见我读书很一般，对我说，你去当学徒，以后做个篾匠，篾匠多好，箩筐晒席睡席，哪儿少得了篾匠的活儿，只要人活着就少不了篾匠。我说我什么都不学，就学烧饭洗衣。父亲抄起竹梢，叫我跪在香案前，对祖宗起誓，不好好读书就去做篾匠。事实上，我自小就是一个非常温顺的孩子，从不打架，也不擅自下河玩水，更不会一个人离家外出。十三岁，我开始自己洗衣服。我第一次用仇恨的眼神看我父亲——他一点也不了解他这个内心细腻敏感的孩子——我倔强地坐在门槛上，连身子也懒得抬起，说："你会做什么事情呢？除了给大队做做账，你还会什么！"我的怨恨来自于我对母亲的爱惜——嫁给一个不会做农事又不会做家务的男人，这个男人还要把角票锁在抽屉里，她所受的苦不会有尽头（在我二十一岁那年，我给父亲写过一封很长的信，红线条的信纸，满满二十多页。现在我已记不得具体写了些什么，大意是：我的父亲不够称职，我自小没感受过一点点温情。父亲回信说，他拿在手上的不是一封信，而是一把刀子。他的毛笔小楷字匀匀称称，短短几句话。他说，每一个人的路都是自己走的，都要接受命运的派遣。墨水有一些糊糊的，我估计，他提笔写时，流下了热热的泪水）。父亲听了，傻傻地站在那儿，有些不知所措。但父亲的威严不容他不落下手中的竹梢，抽在我脚上。我死死盯着父亲，一言不发。

我和母亲去过一个中药铺切药，在郑坊老街里面。老街两边是深黑的门板房，石板路，雨后湿滑，在两排矮矮的屋檐的夹挤下，路面散发着一层油光。街面阴暗逼仄，各色杂货店稀稀拉拉地有人进进出出。有竹器店、弹棉花铺、手工编织店、粮油店、文具店、食品店。在路过一家棺材铺时，我听见了二胡声。乡下有许多喜事场上的乐队，二胡是乐队中必不可少的弦乐。二胡声夹杂在其他器乐里，并不张扬，甚至有些毛糙。而棺材铺里的二胡声，有一种下沉的流淌感，我停了下来，蹲在门口，静静聆听。我不知道那是什么乐曲，有呜咽的泣诉，似乎拉二胡的人悲痛欲绝。拉二胡的人是一个瞎子，五十多岁，双鬓斑白，低着头，轻轻地摇动，有时头用力甩，以辅助拉弓弦的手快速滑过松香。棺材有四副，搁在屋子的天井里，紫红色的油漆。拉二胡的人坐在门槛里面的竹椅上，架起二郎腿，他并没发现有一个十来岁的小孩蹲在他门口，或者说，一个外来的小孩，并没有惊扰沉浸在弦乐之中的他。药铺就在隔壁，杵药罐摆在柜台上，药秤挂在随手可取的墙壁上。木质的药柜对着大门，满是抽屉，有的拉开，有的闭上，有的上锁。抽屉的外面贴着写有中药名称的红纸。老中医戴一副老花眼镜，穿藏青的大褂，手指肉乎乎的，白皙。我对药铺的印象仅限于此。我的耳边一直流淌着二胡的旋律。我第一次认识了这种拙朴的乐器，竟然有如此摄人心魄的情感从两根弦上倾泻而出。仿佛那是两条河流，一条是饶北河，一条是古城河，从蜿蜒的山谷弯过我门前，形成信江的磅礴支流。幽咽，绵绵不绝，在芦苇丛中，起伏不断。我不敢进棺材铺，靠近那个拉二胡的人。 他的眼睛是一个干核桃。回来的路上，我对母亲说，我要学拉二胡。母亲说，拉二胡的人都是命运悲凉的人。草药用黄纸包着，一共有七包，被一根麻绳绑着，拎在母亲手上。土公路铺满粗砺的沙子，脚下发出沙沙沙沙的声响。这种声响有一种破碎感——在孩童时代，和我不期而遇。

陪母亲去小镇，顺带地可以喝一碗清汤。村里没有小吃店，只有一个杂货店。杂货店在村街中部，租用一个居民房，一个大柜台比我还高。柜台里，白糖、肥皂、牙刷、鞭炮、洗脸巾、糖果等分类码在货架上，布匹一捆一捆，压在柜台上，酱油和谷烧用缸装，盖一个沙布袋。吃清汤包子则要去小镇。清汤皮是一块块擀出来的，包一粒肉，揉捏一下。五分钱一碗，一碗有十朵，在清水里沸沸地绽开，成一朵花状，捞到碗里，舀一小勺子猪油，滴几滴酱油，撮几粒葱花下去，蒸汽从碗面漾过来。清汤一年也吃不到一次，我坐在路边的板凳上，看师傅在火炉上烧水、放料，香气溢出来。母亲陪我坐着，看我吃，不时地摸摸我的头。我吃一口望一眼母亲，再吃一口，最后把整碗汤一口喝完，用袖子抹一下嘴巴，坐着，还舍不得走。在我女儿十岁那年，我母亲到我家里，对我说，这段时间不知道怎么的，特别想吃清汤，每天下午都要去郑坊吃一碗。我说，这个太容易了，你不愿意走路，我可以雇一个人专门擀清汤给你吃。母亲笑起来，说，我哪会傻吃成那个样子呢？我说，郑坊的清汤当然好吃，外出这么多年，我都没吃过那么美味的清汤了。有一年回枫林过年，我怂恿我女儿，说，爸爸带你去镇里吃清汤，比羊肉面好吃多了。女儿说，哪有清汤美成那个样子，吃得肚子胀胀的。想想，郑坊街上，我已经二十年没去了。我的中学时代是在郑坊中学度过的，一个椭圆形的校园，种满梧桐树，中间两个花坛，花坛里各有一丛在初秋时开出黄色喇叭状花的美人蕉。校园后门有一条深深的弄堂。青砖的

马头墙，古旧，灰黑色，雨迹凝固在墙面，像时间的淤痕。弄堂尽头，是清汤小吃摊铺。繁华的老街贯穿了这个镇子。黑黑的屋檐，黑黄的门墙。钟表店、牙医诊所、理发店、五金店、布匹店、小馆子……依次紧挨在街两边，傍晚时，尤其在夏天，妇人穿花花的裙子（睡袍）端着碗，边吃边聊天。小学门口的冬青树栖满了鸟雀，呱呱地叫。风从古城河漫卷而来，带来田野上清新的青草味。上街是粮站、花圈店和打铁铺以及各种义乌小商品店。下街是酱油厂、马蹄饼烘烤店、米粉厂、罐头厂。再下去，是车站、医院、电影院。古城河和饶北河在此汇流。站在校园里，可以看到灵山修剪过的侧影：葱茏的，墨绿的，斜斜地向下起伏，层峦叠嶂。叠嶂间，一个方圆十里的盆地像被遗落的罗盘。初春，白鹭黑鹳，有时还有天鹅，越过高高的灵山，降落伞一样，飘到盆地的水塘和刚翻耕的水田里。河边的洋槐上，嘎嘎嘎嘎，白鹭欢快地鸣叫。冬天还是一片哀黄的山峦，这时返青，植物的根茎把地里埋藏的色彩，针管一样抽上来，注射到每一片叶子或初发的细芽。雨水像一个急欲赶路的人，日夜兼程，突然累了，停下来，再也不走了——饶北河一夜之间涨满两岸，淹没稻田。柳树、洋槐，河滩上的竹林，露出青涩的树梢，在河面，显得那么孤立无援。灰色的鱼鹰，在河面掠过，一个俯冲，尖利的爪刺进鱼的肉身，一个斜飞，远去。鲫鱼、鲤鱼、石斑鱼、鲅鱼、泥鳅，在小水沟里逐水而游，噼噼啪啪，拍打水面。将饭箕套进水沟，把上游的水引到另一条水渠里，水慢慢浅下去，鱼往后退，全进了饭箕萁，一般都有三五斤。去年暑假，我带女儿回枫林，女儿嚷嚷着叫我去河里钓鱼，我坐了一个下午，指甲大的鱼也没钓上一条。我母亲说，河里哪还有鱼，每年毒两三次鱼，还有那么多人用电瓶打鱼，鱼哪有活的地方呢。饶北河已死。 没有鱼的河哪配称作河呢?

攥着手写的初中入学通知书——母亲叫父亲送我去七里之外的小镇报名入学，父亲拒绝了，我坐在我大哥旭炎的自行车前座的三角叉上，后座是一个紫黑色油漆的大木箱——我并没有初入小镇初中的兴奋和惴惴不安，甚至有深深的失落感。我有一个同桌，她并没考上初中，而是转往另一所小学重读五年级。我和她同桌了三年，我迷恋她脸颊和手背上的雪花膏味道——在冬天，她红霞般的脸弥散出悠悠的雪花膏香味。她是我迷恋的第一个异性，从我十一岁那年开始，我每次上学路经（绕道一个坟岗、一块稻田）她家，都要叫上她，一起上学。她家屋后有一棵柚子树，两棵石榴树。石榴树在初夏开黄红相染的花，从树丫冒出来，紧紧地裹成哨子状，时隔两日，翻出花瓣。柚子树在四月开花，芳香溢满整条巷子，雨水一样弥漫着。她细细长长的手指，十分饱满。 她喜欢咬笔头。我记得她有一口石榴籽一样的白牙齿。有很多种理由，比如取一本书，借一支笔，询问一道题——我常常借故去她家，在放学或星期天时。在父母看来，我们像两个非常好学的孩子，在一起讨论学习上的问题——其实，我们有说不完的话，与学习根本无关。去了镇里，我似乎再也没去过她家，她低我一届进入初中，但我们再也没说过话。有几次，在星期六返家的路上，我一路跟着她，相隔十几米，但始终缺乏勇气，和她并排走——儿童时代已然结束，我们有了少男少女的羞涩和腼腆。在我十六岁那年冬天（我在县城读书，她在郑坊中学读高中），我听说我的另一个同学和她开始通信，热络的那种，我心里很难过，记忆中沉睡的部分一下子被唤醒。事实上，我已经两年多没见过她，对她所有的记忆和想象，还是停留在十三岁以前。她掰开一瓣一瓣弯月形的柚子给我吃，柚子是红瓤的，汁液充满瓤针，捏一下，汁液扑哧飙射出来，溜下喉咙，甜甜的凉凉的。那个冬天，似乎比往年更漫长一些。列夫·尼古拉耶维奇·托尔斯泰的《安娜·卡列尼娜》，在手上已经抱了一个多月，都没看完——看了几页，扔下，怔怔地看着窗外。窗外是一个矮小的山冈，野刺梨黄黄地挂在刺藤上，叶子一片不剩，山冈过去，是一条黄土路，路边是一个教堂。教堂在冬天的雾霭中，时隐时现。虽然我们之后有某种比较隐匿的联系，我却从未说出我孩童时代内心甜蜜的秘密。

我大哥给我报完名，去农机站上班。农机站在车站隔壁。一个大院子，停了五六辆挂斗的拖拉机。大哥是拖拉机手，噗噗噗，不是拉石灰就是拉木柴，早出晚归。每到星期三早晨，他把自行车停在我教室窗口下，探进半个头，那会儿一般是早读时间，我把手伸出窗外，从他手中接过菜罐。菜罐里，大多是萝卜干、腌菜、豆干，偶尔是辣椒炒蛋或辣椒炒咸肉，通常是家里来客，多炒了一点，留给我。我住校，菜是家里带来的，米兑换成饭票。母亲常常为我带什么菜去学校而伤透脑筋。萝卜干、腌菜、黄豆、泡菜，在很多年之后，我看到就条件反射，胃液上涌，想要呕吐。大哥常抱怨，说，送菜都送烦了，你考不上好学校，真是对不起这个菜罐。

每次返家，我扔下书包，摸起大碗，盛米饭吃。我不说话，站在饭甑边，先吃一碗白饭，吃完了，在板凳上小坐一会儿，喝口水，再盛一大碗，坐在饭桌上吃菜。当我掀开饭盖板，热气腾腾，模糊了视线，饭香黏黏地扑面而来，我知道，所有的幸福在这一刻来临。我至死都不会忘记，端起碗，用筷子把饭扒入口腔，牙齿磕碰到碗，我真想把整个碗塞进嘴巴。我不会忘记筷子抽出筷筒的声音，饭勺压在碗沿的声音，牙齿咯咯磨动的声音，在几秒钟之内，组合成简单美妙的旋律——还有什么音乐比这旋律更美妙呢？母亲怔怔地站在我身边，拉开菜厨，端出一碗留给我吃的菜。在饭甑边，我囫囵吞咽。母亲轻轻地拍打我的脊背，说，你这样吃饭，很容易把人吃伤。母亲又说，吃饭快的人，都是命苦的人。我不管这么多，只知道，吃下去最紧要。

饭甑放在石磨架子上，用一个稻草或席草编织的筐子包着。母亲嫁入傅家之后，去过的地方很少。年轻时，我大哥还没出生，她去过一次上饶，走了一天的路，和大队里其他几个年轻人，到老县城参加共青团大会。她去过最远的地方是浙江温岭，我大姑的小女儿嫁到那儿，她代表娘家人去订婚。她后悔死了，不该去——她和我大姑几个人在回来的路上，整整饿了一天，火车上的饭菜太贵，谁也舍不得吃。母亲不识字，出去不了，也无人带她去，也无处可去。我参加工作之后，她已经没那个体力出去，她的身子羸弱，只要一坐上汽车，就哗哗直吐，下了车，路也走不了，重病一般，近乎于瘫软在地。母亲一生的时光，大部分是在门前的洗衣埠头、厨房、猪圈、菜地、晾衣服的院子、谷雨时节的茶叶地、霜降之后的红薯地，剩下的时光是在去这些地方的路上以及平头床上。家里有一个大菜篮，一个半弧形的竹箍当提手，滚圆胖大的蓝肚，蓝底用竹青板编织成内外两个“田”字。菜篮堆满一篮子衣服，在早餐之后，摆在洗衣埠头上，母亲用一个木棒槌，一把刷子，一块肥皂，有时是一块茶油枯饼。在无钱买肥皂时，茶油枯饼便派上了用场。先把衣服泡水，湿透透，上肥皂或茶油枯饼，一只手按住衣头或裤脚，另一只手在石板上反复搓洗。搓洗后，用棒槌压起衣服，嘣嘣嘣，敲打。在夏秋季，洗清了的衣服用米汤浸泡一下，再晾晒。米汤浸泡过的衣服，不会软塌塌，但刮皮肤，有时还刮出血来。衣服洗了一半，母亲慢慢站起来，腰伸了一半，停下来，佝偻着，捶打十几下，再伸直，再捶，有时叫我或我妹妹去捶。洗衣的石板是一块青石，从一个庙里抬回来的墓碑。父亲说，这是一块清朝的墓碑，碑记有四行字。现在，这块青石板还在，只是碑记已没了，被母亲搓洗衣服的手，日复一日抹平，光溜溜的。我会好好保留这块青石板，它是我母亲无影的照片。我觉得我一生最美好的时光，是蹲在地上看母亲洗衣服和站在灶台边看母亲烧菜。母亲躬着身，身子随着搓洗衣服的节奏而起伏，水珠从衣服上溅出来。母亲从没留过长发，长到衣领，就剪了，用一个黑黑的发夹夹住。她的脸瘦而略长，鼻梁饱满，像一道山梁。一个人，对故土的情感，有一半是来自于味蕾。味蕾敏感的触觉，就是对母亲细腻丰富的图形记忆。对于一个乡间长大的孩子而言——即使我们八十岁了，我们依然是母亲的孩子——世间最好的厨师是母亲。母亲善厨艺，各种小炒、文火煮肉类、腌制菜，都是好手。即便没菜，用酱油炒饭，都是喷香扑鼻。把锅烧热，爆炒饭，饭色略黄，用酱油再炒，酱色均匀了，放细葱，滴几滴猪油，再炒。酱油饭端在手上，手感略灼热，饭是油亮油亮的棕褐色，口感松软，口腔里满是热气和香葱味，真是能吃上三大碗。我最爱吃的是红薯粉皮卷——通常家里没菜吃，母亲把红薯粉调稀调匀，用勺子烫在热锅上，水汽蒸发，成了皮卷，一块块，用锅铲铲上案板，刀切成一个手指宽的条带，把锅烧红，放点油，水煮沸，撮一些盐花下去，把切好的条带投入沸水里，滴几滴酱油，撒一把葱花，再撒辣椒粉，出锅。皮卷烫烫的，油滑，软而有韧性。假如鸡窝里还有两个蛋，摸出来，把蛋调到红薯粉里，做汤时，烫一小把青菜下去，吃起来，我会把自己的舌苔吞下去。若是在冬天，地里的蒜苗刚刚抽出一指多长的苗芽，用苗芽、辣椒丝、两片咸肉、白菜梗子，炒皮卷，别有一番风味。每次烧菜，我站在灶台边，帮忙切姜蒜，我爱闻柴锅冒上来的油烟味，尤其是咸猪肉熬猪油，吱吱吱吱，肉香扑鼻。我二十四岁以后几乎不吃猪肉了，但熬猪油渣的香味，还是很喜欢。

漫长的夜晚在秋分之后开始。天气完全冷了下来。母亲在洋油灯下搓稻草绳，十八根稻草分成三组，编织起来搓，绳子有大拇指粗。这些绳子是用来编织饭窠的。饭甑装进饭窠里，可以保温。稻子收割完，就到霜降了，开始上山捡拾油茶籽。要不了五天，油茶籽捡拾完，晒在场院里。红薯割藤，翻挖。冬季爬上高高的灵山，坐滑滑梯下来，就到了饶北河。母亲最累的时间也在冬季。每天晚上，她在洋油灯下，把油茶籽从油茶壳里分拣出来，一颗一颗地剥，旁边两个箩筐，一个装油茶壳，一个装油茶籽。油茶壳刮手，一个晚上剥下来，手指都皲裂了，母亲用胶布绑着手指，胶布都是殷红的。我家有一百来斤油茶，要剥十几担壳子。我们几个小孩，围着母亲，一起剥，剥不了一会儿，就睡着了。洋油灯冒出黑黑浓浓的烟，额头鼻梁，全是黑烟尘。黑烟伤眼，一个冬季下来，眼睛都没办法睁开，只能眯着眼看东西。分拣完油茶，已进入腊月，开始预备过年的吃食。虽然吃食很匮乏，鱼肉十分有限，但因为吃口太多，母亲不得不使出浑身解数。做圆圆粿和炸油豆腐是必须的，且量大，不然无法满足那些像山洞一样的张开的嘴巴。把白萝卜、红萝卜、芋头、香菇切细切碎，和红薯粉一起调成糊状，捏成团，在蒸笼里蒸熟，再摆在箩箕里晾。要吃的时候，把圆圆粿和豆腐、菠菜一起煮或者红烧。刚蒸出来的圆圆粿，有一股萝卜的馨香，吃起来润滑而不黏牙，软而不裂，热而不烫。我们都十分爱吃。蒸的时候，我们站在灶台边，手捂在灶台面板上，热量传导到四肢，蒸汽从笼子里冒出来，噗噗噗噗，一圈圈扩散，沸水在笼底咕咕咕咕叫。母亲在案板上搓团子，和我们几个孩子讲她小时候的事情。我们眼巴巴地等着圆圆粿出笼。在饶北河流域，可以这样说，没有任何一个小孩可以例外——炸油豆腐那天，几乎可以和过年相提并论。油是上好的新茶油，把出箱的豆腐切成小方块，放在热热的油锅里炸，豆腐白白的，转淡黄色、深黄色，豆腐里面全空了，捞上锅，撒盐粒，装缸。缸是大缸，可以盛一担水。油豆腐松爽脆香，无论是烧肉、切丝炒肉炒青椒，还是白口吃，都是上等佳肴。下稀饭，是最美味不过了。若是在春天，雷雨之后，草皮滩上，一夜间铺满了地皮菇，捡拾回来，洗净，和切碎的油豆腐一起做酸汤，撒上葱花或碎芫荽，没有谁不爱吃的。当然，炸油豆腐之前，母亲还会炸干薯片、黄豆、葱油饼、油粿，这一天，我们吃得再多，都不会遭父母阻止或干涉，到了第二天，我们便再也见不到，它们被母亲锁在阁楼的土瓮里。一年之中，这是家里唯一一次开油锅炸东西吃——母亲炸完油豆腐，整个身体像是被完全抽干了一样，脸部干涩，长痂斑，黑黑的，眼睛深凹，手指粗糙干瘪。她通常要卧床两天，不停地咳嗽——接下去的时日，母亲要把有限的几块猪肉和猪内脏以及翻塘的鱼，料理干净，风干，做腊肉，猪心、猪肺、猪肝、猪耳朵、猪嘴巴和鱼片，用辣椒油浸起来，等春节时客人来了，作佐酒菜。这些事做完了，清洗衣服打扫卫生，杀鸡宰鹅，扣鱼冻——除夕已到了。

繁杂沉重的家务使母亲几乎没有喘气的时间。儿媳妇是不可能做这些杂活的，女儿和儿子一起，要去田里干活。她手上的杂活无人分担。我能做的，是在灶膛烧柴火，把木柴一根根地填进灶膛，火烧得旺旺的。母亲的咳嗽声和灶膛里木柴的噼啪声交织在一起。老中医对母亲说过几次，母亲阴虚，内脏热火上升，脸颊才会结痂，只要吃三五次肉饼炖鸡蛋或炖白木耳、莲子，虚火下降，痂斑就会消失。可哪儿有钱去买这些吃呢？母亲一直拖着，拖到了我二十岁。事实上，家里并没有什么经济来源。大哥是唯一领工资的人，一个月三十多块，他娶妻之后，虽然和母亲父亲没分家，在经济上却基本独立。有一次，上班会课，班主任问：你们的人生理想是什么？班主任是徐声渊老师，戴高度近视眼镜，虾公背。他是个非常和蔼的老师，但我们都怕他，没人回答。徐老师开始叫人发言。陈进国说，我想吃商品粮，初中毕业顶职去供销社上班。祝小英说，当一名英语教师。老师叫我们鼓掌，说英语课代表当英语教师顺理成章，平时英语教师请病假，都是她代上课呢。姜永忠说想当个武术家，像李连杰。那时《少林寺》刚刚上映不久，电视剧《陈真》正在热播，我们挤在电教室的窗户外，踮起脚尖，头挨着头看电视以至于晚自习教室里只有几个女生在看书。徐老师显然没得到满意的答案。他问：“傅旭华，你的人生理想呢？”我那时是副班长，管卫生和锁教室门。我不假思索地说：“我想回家洗衣服和烧饭。”全班人哄堂大笑。徐老师以为我油嘴滑舌，非常生气，说，洗衣烧饭可以成为人生理想，那我们国家的未来怎么办呢？我一下子泪如泉涌。我说的是真话，我只想做一个洗衣烧饭的人，我也从没想过我和国家的未来有什么关联——事实上，我上初二时，内心很挣扎，几次想辍学，在母亲身边，洗衣烧饭，这没有什么不好的。我对同铺睡觉的曹正权讲了这个想法，他说，我混到初中毕业就帮我父亲拉石灰，你不能混也不能退学，你成绩多好，考上学校，你就不用种田了。他高我一届，几乎不上课，专门偷东西吃，油条、清汤、包子、桃子、柚子、甘蔗、黄瓜，只要能吃的，他都偷，吃不完带回宿舍给我吃。

一年之后，我初中毕业，进县城读书。我从没去过县城。母亲对父亲说，别人的孩子考上学校，都是爸爸送去的，你也抽一个时间送孩子去。赞双的孩子明天去，有车子送，你顺车送送吧。父亲淡淡地说，考上学校还找不到学校读书，那他可以不读书了。在很多年以后，我能在任何地方生活下去，并活得有滋有味，这才理解了父亲这句话。当时我却有一种忿恨，觉得他不像我父亲，毫无温情和慈爱，对儿子不管不顾。早班车是六点半，家里又没手表或挂钟，我几乎整夜没睡，怕误了车子，看看满天星光，就起身了。我打开房门，看见母亲坐在厨房里，幽微的灯光使整个屋子显得更加昏暗。母亲坐在竹椅子上，双手支撑着脸，见我收拾行李，说，吃一碗面条再出门，下一餐都不在家里吃了。我说，你怎么不睡呢，我去读书又不是去坐牢，我很快会回家的。我端起面条背着母亲，窸窸窣窣吃起来。我吃得特别快，声响格外大——我没办法控制自己，泪水扑簌簌直掉——吃完面条，我挑起行李走了，甚至和母亲没有说一句告别的话。母亲一直站在门口，看着我走出深深的巷子。月光如霜，也如海。大地在它的照耀下，晃动起来——这是我对青少年时代的告别。

这也是我对枫林的告别——我再也没回到那个洋槐茂密的村子生活。我们兄弟姐妹隔两到三年，就有一个人成婚。父母一直过着拮据的生活。父母相当于一支牙膏，每一个孩子都要用力地挤，哪怕还有最后一点，直到成了空空的牙膏壳，被丢弃在垃圾篓里。十九岁，我在乡村参加工作，一年后到县城，三年后到市区上班，直到我二十八岁，我把工资全都交给母亲。到市里的第二年，我把弟弟也带出来，做汽修学徒五年。每年过年回家，我第一件事情就是去村里几个杂货店和诊所，还上父母欠下的账。我三十一岁结婚，订婚那天，我把父母接出来，说我要订婚了，一起去见见女方父母吧。母亲愣住了，说，我没带钱来，你怎么订婚呢？我说订婚可以欠账的，见见面就可以。父母去了，一直坐在沙发上喝茶。我翻开挂在墙上的日历，说，结婚时间定在十月，选一个星期六就可以。母亲说，那要问问三姑夫，算算时辰日子。我说我结婚的日子就是好日子，没什么可算的。回到我新装修的房子里，母亲一直哽咽，饭也不吃。到了晚上，父亲入睡了，我问母亲：你是不是在担心我结婚的钱。母亲说，你看看你爸，你要结婚了，他什么事也没有一样，你爸爸不去挣钱，哪来的钱呢？你给了我那么多钱，我一块钱都没积攒下来，我太亏欠你了。母亲掩面而泣。我说，结婚哪要多少钱呢？你看看，离结婚还有三个月，我会把结婚的钱挣来的，我一点都不急。

从没想过在城市里生活，我却以最快的速度逃离乡村。我始终没实现对徐老师所说的理想，但我并未忘记。我是一个热衷于美食的人，这来源于我对母亲的敬意——我的母亲从不对我说这件事可以做，那件事不可以做，从不对我的事情议论，更别说下判断，从不问我跟谁恋爱跟谁结婚什么时间结婚，去哪儿工作，去干什么工作。她始终明白，她的这个儿子，干任何事情都无需她拿主意；她的这个儿子，做任何选择都不会让她操心，哪怕她的这个儿子终身未娶，一事无成，都是正确的。我母亲让我知晓人世间的秘密，给了我人世间最美好的礼物。

母亲今年七十六岁，大部分时间是坐在门前晒太阳、打瞌睡，整个身子蜷曲在椅子里，像一堆棉花。她的腰上围一件蓝布裙，蓝布裙下焐一个火熜。火熜里是几块黑黑的硬木炭。硬木炭是深山炭窑里烧出来的。烧的木头是硬木，一年也粗不了一公分，砍下来，放到炭窑里烧，烧红了，把窑口封死，留两个烟囱冒烟，把湿气抽干，闭窑七天，硬木成了炭。硬木炭干硬，有木头的纹理，脆，往地上摔，不碎但会裂开，一片两片或几片，点燃需要比较长的时间，一旦点起来，特别经烧，两个木炭能煮一锅粥。它乌金的光泽，和我的母亲很相像。

个人饥饿史

我确信自己的前世是北方荒原的一匹孤狼。在茫茫雪地，瘦弱的身子像是大地的遗物，灰色皮毛包裹着嶙峋的骨头，眼睛射出的蓝光让人惊悚，张开的嘴巴露出尖利的白牙，它一直在四处寻找。它被饥饿驱赶着双腿，不断地跑，不断地寻找——它的一生被饥饿所胁迫，听命于食物。

落地七天，我被奶娘抱走——因为营养不良，我母亲一滴奶水也没有。在未成年时期，我所有的记忆，都与饥饿有关。似乎我的同伴和我一样，整天处于饥饿之中。每餐的米饭里，掺了一半的红薯粒或豆腐渣，即使这样，饭甑永远比胃小比喉咙浅，管一碗饱饭，一年也没几次。我们把精力放在寻找野外的食物上：钓青蛙，捕田鼠，逮黄鼬，摸鸟蛋，捉野禽。同伴景炎常生吃青蛙。我们提一个篾丝扎圆口的布袋，一根麻线绑一朵南瓜花，去田里钓青蛙。景炎用南瓜叶把青蛙包起来，塞进嘴巴吃。我说青蛙怎么可以生吃呢？有寄生虫。景炎拍拍手掌，泥巴都可以吃，何况青蛙呢？他家穷，常把棕树籽当饭吃。

当然，一年之中，也有饕餮一餐的时候。那是生产队过阳历年。生产队把老牛拉出来宰杀。杀牛人用一块黑布蒙上牛脸，把牛绳拴在香椿树上。嗯唵，嗯唵，嗯唵，杀牛人一边抚摸牛身一边轻轻地唤牛。牛乖顺地伸出舌头，上上下下抹自己的唇边。杀牛人抡起斧头，对着牛脑壳敲下去。牛前膝跪下去。杀牛人取出尖刀，捅进牛的喉管，血飙射出来，哗哗哗，落在木桶里。全生产队的人围在队部的场院里，尽情地享用牛肉大餐。在头一夜，煮牛肉的时候，十几个小孩便围着大铁锅，眼巴巴地等着吃。牛肉是不能吃的，可以吃大萝卜。大萝卜和牛骨一起煮，咕咕咕地冒泡。大人把萝卜夹出来，装在一个大钵头里，分十几双筷子，大家三下五除二便把萝卜干完。萝卜吃完了，又添生萝卜下去。骨头汤是管喝够的，边喝边往锅里加水加盐。生产队会餐，小孩不能上桌，只能站在桌角，等大人夹菜吃。我们早早地张开嘴巴，仰着脸，等筷子里的东西落进去。牧童算半个大人，可以上桌。 生产队有三个牧童。很快散席了，我们还不愿回家，躲在烧饭间的晒箩下，伸手抓晒箩上的饭麸吃，等大人走了，把菜柜子里没加工的熟牛肉，抓起一块，躲在柴垛边吃。最后一个走的大人，用马灯四处照照，说，马上锁门了，躲起来的孩子快出来。

有一年，村里来了三个讨饭的人，一对三十多岁的夫妻，拖一个十来岁的小孩。男人面黄，个子高，身子瘪瘦，胸前挂一个褡裢，褡裢里有碗筷。妇人穿一件斜襟蓝布衣，拎一个靛青包袱，头发落了白白的灰尘。孩子缩在妇人身后，拽着妇人后衣边，怯生生地露出双眼。男人坐在我家的门槛上，靠着青砖砌的门框，说话声音很低："大嫂，能不能给我一碗饭吃？"妇人站在门口的台阶上，望着我母亲。我母亲说："中午的饭都吃完了，你等等。"母亲端出长条凳，泡了茶水，说："你可能走了很多路，歇歇吧。"母亲提了一只竹箕，去自留地挖了满满一竹箕的红薯。红薯只有鸡蛋大，种下去还不到三个月。三个人把一竹萁的焖红薯全吃光了。这一家人从安徽怀宁一路讨饭而来，到了村里，再也不走了。 我父亲安排他们睡在生产队的场部里，说："我们喝粥，你们也喝粥；我们吃米皮糠，你们也吃米皮糠；我们吃菜饭，你们也吃菜饭；吃不饱也饿不死，村里还没有饿死的人。"夫妻俩和生产队里的人，一起干活，下地种田，一起按劳力分工钱。生产队的人，都同情这一家人。怀宁处于长江边，三两年发一次大水，大水过处，茅棚屋全淹毁，庄稼颗粒无收，村人便外出谋生或乞讨。来村里乞讨的这个怀宁人，出门三个多月，带着三个小孩，两个小的是女儿，便沿路送人收养。不送人怎么办呢？怎么讨得了那么多吃食呢？他在田里干活，一说起这个事，便哭得停不了，呜啊呜啊呜啊，手不断地擂打自己的大腿，拧自己瘦瘦窄窄的脸。一直到了村里分田包干到户那年，怀宁人才回老家。他每次在生产队队部吃饭，用一个大钵头吃，钵头里是稀稀拉拉的菜煮饭，他一双筷子咯啦咯啦划得非常快，往大大的嘴巴里扒，扒得嘴巴满满的，腮帮鼓起来，包住，快速地蠕动口腔，伸长脖子，把吃食咽下去，像是别人会从他钵头里抢吃。

每年都有安徽人和浙西人来讨饭，或单身，或拖儿带女。讨饭的人，戴一个瓜皮帽，背一个包袱，手上拿一个铝盒。包袱里有衣物。也有背着棉絮草席来讨饭的。有几个来讨饭的人，再也没离开过村子，居住下来，男的成了寡妇的男人，女的成了人家的媳妇，繁衍子嗣。也有孤独终老的，两个来自龙游，一个来自永康。永康人一直在一座废弃的屋舍里居住，打铜修锁补锅。

村里也有人外出讨饭，到了春荒，兜里揣一副快板出门，去镇外讨饭。竹板是两块竹片，用一根红头绳穿洞连起来，捏在手上，啪哒啪哒敲："老嫂子，行行好。春荒老，我要讨。一个碗，养双老。家里苦，没法说。春荒长，熬不了。"断粮是常事，没有几户人家不断粮的。于是便有了偷粮的人。夏收之后，谷物堆放在生产队的仓库里。仓库在一个大瓦房里，被一把大锁锁上。守仓库的是一个五十来岁的裁缝师傅，睡在门房里。他人矮小，能识几个字，体力不怎么好，村里添衣的人也不多，他便做轻体力活，守门、记公分、称重、扫地、晒谷子。人是不能离开仓库的，饭也由家人送来。饭菜放在一个大提篮里，用一个篾圆盖盖着。有一次，生产队长来我家里，对我父亲说："仓库里可能进了贼，有人偷了米皮糠，具体偷了多少，不清楚。”我父亲说：“你怎么知道谷子被偷了呢?”生产队长说：“我在仓库的门内，撒了一层浅浅的石灰线，不细心看不出来，我看见石灰线被人来来回回踩了很多脚印。门窗是好好的，没人翻窗进去。”队长远远蹲在仓库对面的一块麻地里，盯着。蹲了两天，队长发现了蹊跷。他发现送饭的人，都用一个大瓦罐盛饭，一个人吃，哪要大瓦罐呢?送饭人回家的路上，队长掀开大瓦罐，发现瓦罐里全是米皮糠。送饭人慌张地拉着队长的手，跪下去，说：“求求老侄，别声张，一家人饿不住，偷点米皮糠充粮。”

裁缝师傅家里劳力弱，挣不了多少公分，粮食有大半年续不上。儿子大字不识一箩筐，左脚生了骨髓炎，走路身子歪歪地撇着，三十好几了，儿媳妇还不知道在哪家。村里有一个在县革委会的人，姓叶，生了六个儿子，其中老三脑子不太好使，二十六七岁，四肢健康，说话结舌，在外面玩，不知道回家的路。老叶找到裁缝师傅，说：“你把你女儿过门给我老三，饭管饱，衣服不上补片，可以保证你女儿有这样的生活。别人的礼金是一百八，我翻倍给。我们结亲是结义亲，不会亏待你，多好呀，也可以给你儿子娶一门亲。”裁缝师傅支支吾吾，说：“不是旧社会了，父母做不了孩子的主，看看孩子的意思。”十八岁的女儿死活不答应，说嫁给一个傻子，不如死了算。裁缝师傅说：“你哥老婆都娶不上，饭都吃不饱，你是不是想家里断了香火呀?”说着说着，给女儿跪下去。她妈也说：“我知道是火坑，可火坑也要跳下去呀，孩子，从我这样的娘胎里出来，命苦呀。”

谁的命又能说不苦呢？有一年，生产队队部所在的老屋，屋梁霉变得厉害，都快坍塌了，请邻乡八都公社的大木匠师傅来翻修。大师傅六十来岁，右腿有些瘸，生产队安排他在银兰家住。银兰有三个儿子，只有老二讨了老婆，房间也没空余的。大师傅便住在木楼上，床正好铺在老二房间的上面。房里的动静，楼上听得一清二楚。大师傅是个特别能说的人，说老婆死了几年，孩子都成家了，大队里去年分下来的粮食还没吃完，手艺人就是这么好，一日三餐吃别人，还有工钱拿。大师傅翻修了一个多月，老屋亮堂堂的。大师傅和银兰一家的关系，相处得像亲戚。大师傅常给老二的小孩买几块糖果吃，给银兰家里买肥皂酱油什么的，上镇里，还带葱油饼、生煎包、麻花、牙膏、手绢给孩子。大师傅说：“住久了，相当于认了一门亲戚。”大师傅离开半个来月，银兰的儿媳妇不见了。起先银兰还以为儿媳妇是回娘家了，过了两天，儿媳妇还没回来，便打发老二去陈坑坞看看。老二去了，也没见着，两家人全慌了，找了周围的山山坞坞，都没有寻见人。人不是失踪而是跑了。可跑哪儿去了呢？过了三个月，一个开拖拉机的人，来村子里拉石灰，说在八都看见了老二媳妇，银兰一家这才回过神来。

似乎每一个人都有饥饿的记忆。我的生肖是狗。在我出生时，母亲养了一条狗，说，狗命贱，再烂贱的东西都吃得下去，只要吃得下去，便可以活下去。我十岁那年冬天，天寒地冻。狗一直没换毛，毛喳喳，怕冷，老躲在门角、桌下、灶房。这十年，狗几乎没离开过我。我上学，它也跟着。我砍柴，它带路。我捡蘑菇，它便蹲在树下等我，伸出红舌头，唏呼唏呼地哈气。狗是黄狗，也叫土狗，溜滑滑的黄。 据老人们说，狗的唾液能解毒。邻居有生疔疮痈疽的人，草药治不好，便坐在我家青石门槛上，裸出手臂或腿部，让狗舔疮口。其他的狗都不舔，就我家这条老狗会舔，趴着，舔得细致耐心。狗舔了十天半月疮口，再毒的疔疮也会愈合，不留伤疤。腊月的大雪下下停停，停停下下，雪化了又积，积了又化。我母亲一直发愁，过年的吃食还没着落，还没置办年货。我三姑父来看望老丈人，在桌上喝酒。狗蹲在桌下，老妨碍三姑父架二郎腿。他用筷子敲敲碗边，说年货不是现成的嘛，哪还需要置办呢？吃完了饭，三姑父把所有的门关起来，只留大门一条侧缝。狗惊慌地四处乱闯，在厅堂里汪汪地叫。它能预知接下来发生的事情。我号啕大哭。我母亲对三姑父说，就是过年吃稀饭，也不能杀这条狗。三姑父说，狗养起来不就是吃的嘛，又不是牛，牛可以耕田，狗杀了，明年再养一条。狗从门缝钻出去，脑袋被两扇门夹住。狗蹭着后肢，尾巴甩来甩去。狗叫了一会儿，便不叫了。三姑父拉开门，狗瘫在地上，上下牙齿深深陷在自己的舌头上，牙缝流出猩红的热血。血很快冻结成一摊，竖起来的耳朵也软下去，前肢弓曲。

饥饿给人的胁迫感和驱使感，是相同的。当一个人长期处于饥饿状态，是一个人的不幸。当集体长期处于饥饿状态，是一个国家的不幸，个人的饥饿记忆也将成为集体记忆。苍生多饿殍，是时代之痛。饥饿就是战争。

现在，世界上还有多个国家的大多数国民，长期处于饥饿状态，如战火下的叙利亚、动荡的利比亚，津巴布韦、利比里亚、刚果民主共和国、布隆迪、索马里、尼日尔、阿富汗、厄立特里亚等。这些国家，每年还有许多饿死的人。饿死的人，是无辜的，罪责应该由当权者承担。

年少时，读唐朝杜甫《自京赴奉先县咏怀五百字》，不解“朱门酒肉臭，路有冻死骨”。我以为只有存在皇帝的社会才会这样，只有科技不发达、耕种技术落后的远古时代才会这样。其实不是，只要有专制政权的存在，饥荒就会大面积发生并持续发生，人吃人的悲剧就会不断上演。

饥饿，是人根本的生命意识。从营养角度说，是自身所需的热量和营养素供给不足的状态；从代谢角度说，是人体的胃和小肠排空，需要食物供给。因为有饥饿感，我们才知道自己活着。饥饿，是我们身体里的一口钟。饥饿，让我们警醒，让我们追问：为什么曾经大面积的人长期处于饥饿状态？我们怎样才能彻底免除饥饿？

长期受饥饿的胁迫，已经告别我们几十年，彻底地远离了我们。但我始终不会忘记，我像一匹孤狼，被饥饿驱使着四肢。曾为了在学校吃上一个馒头，我偷偷撬开我父亲紧锁的抽屉。我以为那里面有角币或分币，想拿几张或几个，去学校的食堂买馒头吃。我用螺丝刀钻进锁孔，转，转，把锁的弹簧拔出来，拉开抽屉，一分钱也没有，只有厚厚一沓旧账簿。我的一个同学，在一个包子铺偷煎包吃，被抓住，送到班主任办公室。班主任训责他，问他为什么去偷？他紧紧地抿着嘴唇，一言不发，泪水扑簌簌地流。他是个惯偷，专偷东西吃，偷油条偷清汤偷晒在屋檐上的咸菜，只要可以吃的，他都偷。到了初三，他被学校开除。对于一个长期被饥饿威胁的人来说，尊严不如一个馒头。

我是一个特别珍惜粮食的人，浪费一碗饭，我会难受。小时候吃饭，桌上落下一粒米饭，都要夹起来吃，不然，我父亲的筷子会落在我头上。碗里，也不能剩下一粒饭。“浪费一粒米饭，都是罪孽啊！”我父亲常常对我说这句话。他比我更懂得食物的重要。有很多次，他对我讲起三年自然灾害时期，村里的人吃光了野菜，吃树皮，吃观音土。村里的人，先是面黄肌瘦，要不了两个月，全身浮肿，溺婴和老人投河事件，频繁发生。每次说的时候，他都很动容。“好了，一切都过去，不会再发生了。一个人的命运，总是和国家的命运紧密相连的，即使是普通的民众。”父亲抹抹眼，点一支烟，八十多岁了，声音还是洪亮，他说，“不要没收农民的土地，不要掠走地上的粮食，不要夺走屋里的女人，这样的国家就会伟大。”他是个农民知识分子，他说话喜欢总结问题。

草帽下的雨季

二〇一二年七月底，我来安庆上班，特意路过枫林，去看了二姑父。他躺在平头床上，身上盖了条薄薄的毛毯，整个脸好像被一把无形的刀削去了肉，留两块颧骨突出来。他的嘴巴狭长，空洞，里面埋着无限深的黑。二姑说：“你姑父天天念叨你，怎么不来看看呢?”我在二姑父房间坐了一会儿，也不知说什么好，沉默着。房间点着蜡烛，淡淡的光跳着，散着黄黄的光晕，地上是腥臭的口痰，虫蝇飞来飞去。表弟水银说：“快两个月下不了床了，天天擦洗身子得两个人，时间不多了。”“来看看就好啦。”二姑父说。其实也不是说，而是喉结在蠕动，摩擦出树皮干裂的声音。他想把手抬起来，动了动，只有两个手指头在弯曲。

这是我见二姑父的最后一面。一个月后，我见到的是一具棺木。棺木上扎了一圈圈的白麻，白布在棺头扎了一朵大白花。这是我第二个姑父走了。大姑父走时，我还是个孩子。我祖父还能喝大碗的白酒，还能吃大盆的麻子馃，还能挑粪桶种十几个人吃的菜蔬。祖父都走了快二十年啦，走时八十八岁。一块黄土埋多少人，我们不知道；一块黄土什么时候埋人，我们也不知道;一座矮小的后山冈，有多少黄土，我们同样不知道。后山冈离我家只有两百米，满是毛竹、板栗、油茶、泡桐，从春天到初秋，都开满各色的花。路边，坟边，菜地边，断墙上，爬满牵牛、金钱草、蛤蟆草，矢车菊在八月时，就翘起小朵小朵紫色的花。金黄色的，是雏菊，暗暗的香味在茅草间盈荡。竹子摇曳，晚间有哗哗哗的风声掠过。有黄鼬在树底下打洞，有野兔子突袭似的越过沟渠，翻到麦地里。这是我们枫林秘密的花园，寂静，阴暗，潮湿。沟渠弯过一个斜坡，拐过两块稻田，在两棵大樟树下，汇成一个水涡，鲫鱼在涡底扇动透明的鳍，泥尘在鳃边旋转上升，散开，一注水泡咕噜咕噜卷出来。樟树遮掩的，有一栋青灰色的房子，老头在里面喝酒，把整个辣椒包进嘴巴里，腰上扎一条麻白的汗巾，尽兴时，会说："晚上把烂泥撑叫来，好久都不来看我。"老头说的好久是指超过了三天。他摸摸自己的光头，露出空阔的牙床，笑起来像个小孩。烂泥撑是我二姑父。

二姑父二儿子水银，三姑父大儿子振宇，大姑父大外甥（我表姐儿子），都是同年的，大我一岁，我们四个是童年时不可分开的玩伴。一九八三年初秋，水银辍学，他说：“哥哥当兵去了，家里农活没人干。”那年他十三岁。二姑父极力反对，说：“水金当兵是有前途的，高中生，你不读书还尿床，怕同学笑话。”水银和振宇一样，读初中了还尿床。过了三年，水银和邻家一个小姑娘谈恋爱，我刚刚初中毕业。又过了两年，小孩出生。

就是一堆烂泥，也要撑起来。这是二姑父绰号的本意。六岁丧父，随母下堂去洲村，十八岁回枫林，和我姑母成家的烂泥撑，晚上走八十里山路扛木料盖房子，白天还要出工干一天的石匠活。他的肩胛骨上方，有两坨石块一样的肌肉，箩筐叠箩筐，四筐油茶籽一肩挑回家，打双赤脚，吧嗒吧嗒，脚步有力沉稳。他四十多岁时，仍然如此。

南方的雨季，是被风吹来的，噗噗噗，越过灵山，飞溅而下，在饶北河岸打窝，再也不走。风吹一次，两岸的草木以河水的流速蔓延开绿色。蒲公英从石缝里钻出来，睁开细细的眼睑，淡黄色的芽还裹着昨夜的水雾。地皮菇在砂石上的烂草根缩起薄薄的黑皮肤，青苔和它相互纠缠，吸饱水分，不知疲倦地滋生。油菜花开了，在地头，在山边，在田畴，在坟地。油菜花，一节一节，一枝一枝——多么像杂技演员，在细细的绳索上翻动，小蛮腰上绑着镏金的彩带，它的惊险快速，获得蜜蜂的掌声，嗡嗡嗡。雨季带来大地的流金溢彩。木槿啪啪啪，一夜之间，浅紫深白的花朵浮上来。是的，当我用深情的目光回望那一片盆地时，雨水就不期而至。泛青的风，掠过瓦屋顶，翻一个跟斗，在院子里四处打滚。柚子花细密细密，涩涩的香味黏鼻。我的祖母，一个小脚女人，坐在院子里剥麻，麻皮穿过刀口，勒出一丝丝白麻，捋成一团，泡在水里。她的脸像一块晒干的千层糕皮，有水波纹的皱褶和光泽。阳光匀匀地洒落。每年的谷雨之后，家里都会准备一次特别丰盛的家宴。祖母把最后一块烟熏肉取下来，杀两只鸡，焖糯米饭。这是最高的待客规格。客人只有两个，二姑父和三姑父。三姑父是个小学教员，也会理发和看风水、算命。他有很多风水书和相命书，线装的，保存在一个樟木箱里。樟木箱是个立方体，箱盖雕着镂空的山水图，耸立的山峦间有河流弯曲，青松阵阵，茅舍三两间；箱体是镏金的油彩，漆面有些微的剥落，裸露出深紫色的木质。他戴一副老花眼镜，跟我们讲解内容。可惜，我们都还是孩子，只喜爱他讲风水师的故事。他说："知道米粉家为什么三兄弟都是左撇子吗？"我们摇摇头，说："米粉是谁呀？""米粉都不知道？就是那个走路唱爬山调的那个，菜油抹头发，脸白白，门牙有一颗金牙，看见女人挪不动脚的那个。"我们回答："噢，是官葬山的，养蜂人。""是的是的，他三兄弟左撇子，你们不知道吧？"三姑父说，"他家房子，右边两间左边三间，左边有土丘，右边是口井，左重右轻，自然是左撇子。"我父亲几次对我说，你三姑父不好好教书，就知道讲白，找酒喝。三姑父三十出头，皮肤白净，几乎不干农活。那是风华正茂的年龄。我三姑对我父亲诉苦，说："瑞启在塘底溪边，和修自行车那人的老婆，讲话讲三次了，一次一个多小时。在石灰厂还讲过一次话，有半个下午。”我父亲说：“你是吃饱了没事干，他讲他的话你做你的事，你还把你老公的嘴封住呀。”“哥哥，你不知道，那个女的，好多个相好，大白天在石灰厂的窑里干那事。”三姑父在天井里养了几尾金鱼，在大水缸里游来晃去，甚是悦目。三姑也向我父亲告状，说：“金鱼不能吃，看他喂金鱼就知道他是个好闲的人。”

他们——我祖父、我父亲、二姑父、三姑父——差不多一餐饭要吃一个多时辰，谷酒要喝五瓶，还没人醉。二姑父说：“岳丈，我穷得裤带都没有，一根稻草绳绑腰，是你不嫌弃，把春花许配给我。”他每次说，就用手抹眼睛，头一仰，把小半碗酒灌进去。他们像是四个兄弟，有说不完的话。我母亲负责做菜，菜冷了又热，热了又冷。菜不够，她把院子里的木槿花采下来，放一小撮梅干菜，煮一盆上好的汤。祖父说：“喝酒的人少了一个。”少的那个是我大姑父。我依稀记得在孩童时见过大姑父，两道往上翘起来的眉毛灰白色，说话有些结巴，脸瘦削而长，喜欢吃大块的肥肉，嘴巴张开，把整块包进去，抿嘴咀嚼，下颚夸张地错动，颈脖两边的静脉一下子暴粗起来。猪毛没刮干净的肉都归他吃，他说：“一世吃不了四两猪毛，怕啥？何况猪毛戳喉咙痒痒的，舒服。”是的，他的家境不好，一年又能吃几次肉呢？二姑父剃一个小平头，常年酡红的脸色在酒后反而有一些米浆白。他用大拇指和中指把碗扣紧，端起来，晃晃酒，酒碰出泡花，说：“酒就是力，酒进了血液就是力气进了血液。”在冬天，他都是穿一件黑灯芯绒秋装，走到哪儿都是一双军用胶鞋。在油茶山，垦出荒地，种了一大片的辣椒和红薯。一个军用水壶里，装着酒。垦地休息的当儿，坐在锄头柄上抿一小口酒。辣椒生吃一个，下酒。三姑父喝酒后话特别多，讲他小时候练武，兴致来的时候，叫："振宇，你来一套拳路。"振宇个头矮小，不吃饭，但一上桌就坐上座，蹲在板凳上吃。他父亲嘿嘿地笑，我祖母就叫："宝儿，宝儿，挑自己喜欢的菜吃。"我们表兄妹十多个，我祖母最疼爱的就是这个。是呀，三姑是我祖母的心头肉，振宇是三姑的心头肉。但振宇到我家里很能吃，或许是我家人多菜少抢着吃。我祖母责怪这个教书的女婿："吃饱穿暖比读书重要。"振宇坐在他外公大腿上，才不表演拳路呢。三姑父就自己扎马步，来一路拳脚。二姑父就说："拳脚是花架子，你挑三百斤担子看看，走得出百步，是厉害的角色。"当然，三姑父讲的最多的是地理风水、生辰八字、乡间鬼怪。这是二姑父折服的，景仰地看着三姑父讲白，"哦"地应和一声，抿口酒，听着听着，眼皮耷拉下来，睡着了，呼呼呼的鼾声有节奏地起伏，嘴角流着涎水。

灵山高耸的峰峦在阳光下闪着耀眼的光，叠嶂巍峨。我打开门，灵山奔跑的三道山梁像一群黝黑的水牛冲撞过来。水牛群呈包抄的形状，蹄声哒哒哒，在一条河边停了下来。泥黄色的院墙，凝结的瀑布一样的洋槐，尚未完全凋零的桃花，连同饶北河的激流，被夕阳镀上了绯色。一天又一天的升起，一次又一次的沉沦。河滩上，一片棉花地给人温暖的内心质地。白白的棉花在枝头上沉沉欲坠，卷曲的棉丝在细风里微微摆动，蚱蜢停在地里，嗡嗡嗡地震动薄羽，棉叶落尽，一眼望去，积压在枝头的，像是残冬之后的积雪。田野上堆着高高的稻草垛，像是一个个远古的碉楼。

茸茸的秋草悬着黄昏的雾气，圆圆的水珠浓缩了暮霭的一缕光。透亮、迷蒙、潮湿的黄昏，四野渐趋陷入静虚之中。河面上的水雾，从芦苇里泛涌上来，铺在咚咚咚的水声之上。这是霜降之后的秋天，绛红的柿子在村前村后挂起小灯笼。枫林的秋天，每一年的模样都没什么变化，收割后，出远门的人收拾好棉絮背着蛇纹袋去浙江打工了，萝卜秧苗下地了，过冬的柴火被陆陆续续地从山坳深处背回家，齐整地码在茅房的横梁上，土缸里的豆酱盖着篾丝编织的网在屋檐下晒着，祖父挑着新熟的谷子去酿酒。隔壁的又一个老人再也没有醒来。歪头生了第五个女儿。我已经不记得那个秋天，我几岁。大概是上初一那一年。我和水银在水渠里抓鱼。我提着木桶饭箕，从埠头上来，看见我母亲和大舅妈从棉田中间的小径回家。我叫了声“妈”，就把木桶扔了，鱼儿在地上吧嗒吧嗒蹦跳。大舅妈说：“兰花，你怎么离得开家呢？你看看，才五天，小孩都不成样子了。”我穿一双鞋头开裂的雨靴，裤脚的线缝脱落，成了两片布裹在脚上，打个赤膊，脸上满是抓鱼时水虫叮咬的红斑。水银低低地叫了声舅妈，说：“是我要抓鱼的，不能怪他。”这是我记忆中，我母亲唯一一次离家超过三天。除了正月拜年和她娘家有大喜事，她从不离家一天。母亲负责一家十几口人的吃喝、浆洗衣服、择菜洗菜，偶尔还要帮忙干农活。在她四十出头的时候，她的背有些佝偻了，手指细而刚硬，脸上有秋燥的皮屑。一家人吃饭结束了，她才摸出碗吃，用菜汤拌饭，囫囵几口。母亲和祖母的关系并不融洽。祖母除了儿子和孙子，看谁都不顺眼。粮食不够，把红薯渣掺在饭里蒸，大姐不吃红薯渣，蹲在门槛上哭，祖母用筷子打她。我不吃，祖母早早地把饭留着，单独蒸。祖母说："小孩挑食总不能饿他吧。"大姐不吃肥肉，挑瘦肉吃，祖母也骂她，说："弟弟吃瘦的，你也吃，不是抢食吃嘛。"祖父看不过去，说："你霸道得一点理由都不讲。猪是兰花养的，菜是我种的，你有什么可指责的？动不动筷子头打人，你再打，我打你。"祖母见她老头发怒，她也发怒，说："这个傅家都是我的，看看谁敢打我？没有我，你有像样的家吗？我三更半夜起床磨豆腐雇工盖房子，儿子读书到二十岁，你元灯除了会玩铜钱（注：赌博的一种游戏）还会什么？"祖父就不作声了。在这个家里，没人可以和祖母论理，她的理就是整个家是她建立的，大家必须服从于她。包括她的丈夫和儿子。她的脸宽阔，油黄，有蜡一样的光，整天笑容满面，头发扎一个髻，罩在棉丝织的髻兜里。

在家里，除了做事，母亲几乎没有发言权，去娘家送什么礼物，来客烧什么主菜，都需她婆婆首肯。直到祖母八十多岁，没精力说话了，才由母亲完全做主。每一年，母亲和祖母都会干一次或几次架。祖母干架，显得精神饱满，端一把竹椅子坐在院子里，从进傅家那一天开始说起，受多少苦，一边说一边喝浓茶，时不时站起来，说：“天呀，你这个媳妇进门才几久呀，就想挤死我啦。”见到过路的邻居，她拉住邻居的手，说：“你评评理，哪有不让婆婆说话的理儿？这个理儿说不通，往后还要端走我饭碗呢！”她拍打自己的双腿，又是一声：“天啦，我死了你们才高兴吧，那我去死。”她用头撞木壁板，咚咚，撞了两下，又说：“死了便宜你们，我要吵死你们。”母亲不理她，去二姑家坐坐，喘口气，拉二姑来劝劝。二姑说：“还是玉花去好。”玉花是我三姑。三姑提着两斤肉一副中草药，给她母亲。

有一次，我母亲实在受不了，对我父亲说，想和两个老人分家。父亲说，哪有独子和老人分家的理儿。母亲甩下话，这个家你自己撑吧。她捡起布包裹，去了童山娘家。父亲请了两次，她都不回来。母亲说，我都像草药一样，被你们用火熬干了，只剩下一些药渣。住了几天，大舅妈把母亲送回枫林，也狠狠地训斥了我父亲。我看见母亲从棉田中间走过来，穿一件白花红底的短袄，肩上挂着包裹，在白棉花的映衬下，她是那样的陌生，又是那样的亲切。事实上，我远远地听见了她的咳嗽声，带有秋天泥土的干燥，我惊喜慌乱地跑上埠头，扔下木桶，一动不动。我感觉到，我的胸部有河流突然上涨。那是一条淹没我一生的河流。正是那河流，让我在无论怎样的年月里，都愿意扑向樟树底下的那扇厚重笨拙的木门，推门而进，看见一个坐在椅子上双手扶脸瞌睡的老妇人——我知道，这是我所有道路的终点：螺旋形的道路上，耸立最高的一座庙宇，清寂，慈爱，容纳万物，永不相别。

糯谷晒出来，挑一担给岳丈。谷酒酿好了，提一壶给岳丈。二姑父有时瞒着二姑，给我祖父祖母切上两斤后腿肉。还没到我家，他就远远地叫：“岳丈，岳丈。”岳丈没应答，又叫：“哥郎（注：江西上饶方言，指哥哥），哥郎。”我父亲迎到门口：“烂泥撑来了。”以此提醒烧饭的人加两个好菜。二姑父在家里唯一的权力是把两百斤稻谷转变为酒。有时怕粮食不够度春荒，二姑就不肯。二姑父坐在岳丈这里，说：“春花有点邪，不喝酒哪来稻谷吃。”他岳丈嘿嘿地笑：“都一样，一样，你把谷子变成酒，她又不能把酒变成谷子，管那么多干吗？”

在我二十六岁那年，我祖父走了。之前的三年，我祖母走了,埋在去三姑家的池塘边，在一座山冈上，油茶树在初秋吐出白花，茅草浮荡。一年之中，有那么几天，三姑父和二姑父在这座山冈，不期而遇。二姑父带着酒，三姑父带着香纸，祭拜老人。祖父走后的那半年，二姑父天天来我家，吃过晚饭，手上拿着旱烟管，在樟树底下坐坐。来我家吃饭，他从不坐上座。大姑父在，是祖父和大姑父坐。大姑父不在，是我祖父和父亲坐。祖父不在，我父亲一个人坐。在我父亲的边上，也摆一个碗，添上酒。尽管喝酒的人去了一个没有人烟的地方。喝了几次，二姑父就很少来我家吃饭了。他说，岳丈走后，来傅家喝酒是越喝越冷，冷到骨头里，在其他地方喝都不会，怎么回事呢？他不明白。他不明白，他身体里潜藏着的两个老人的体温已经流失。他们的体温是他体温的一部分。或许他明白，吃饭的桌子一直没换，菜的口味没换，而每过几年，上桌吃饭的人在换，离桌的人再也不回来，留在桌子上的人日渐苍老，酒量一次比一次小。他越吃越孤单。他明白，但他不说，因为有一天他也会离桌而去。

村里都是一些老年人和学童，青壮年都外出打工了。水银今年二月份也出门打工去了。是我逼他去的，我不能容忍一个游手好闲的人吆三喝四。他差不多在家玩了十几年。以前在深圳卖书，干了五年，赚了一栋房子，卖书业务不好做了，干脆在家里玩牌。他三十多岁时，牙齿全脱落了，头发也脱得差不多，个头矮小。他戴一副假牙，不是在饭桌上、床上，就是在杂货店的牌桌上，无论哪一天，只要在杂货店喊："水银。"他一定从一个木板隔墙的房间里应答："进来抽一支烟。"每次我看到他，就会想起我祖父。祖父的遗传基因在他身上是百分百地体现，个头，脸，头发，牙齿，笑，神态。前几年，我给了他三万多块钱，让他做点小生意。他干了半年，钱花完了，又回到牌桌上。去年过年，我说："水银，你明年再不出门赚钱，那你端午之前把钱还我，我把钱输了都是开心输的，给你输，我心里不痛快。"没办法，他只好出门赚钱。我今年七月份给他打电话："怎么样？"他说他在宁波做快餐，一天能赚三百，真是苦，每天五点起床去买菜，一天下来，累得腰都伸不直。我问庆剑怎么样。"他呀，没啥事，淡季，天天睡到午饭后。"水银说，"他妈妈也来了，生活安定。"哦，大表姐，我差不多有二十年没见啦。"我过几天要回枫林，我爸没多少日子可熬了。"水银又说。

在我情窦初开的年纪，水银扮演着一个银幕主角的形象。我还在校园里读书，水银已经拥有了第一辆属于自己的自行车。自行车是凤凰牌二六的，车轮滚动时发出嘶嘶嘶嘶的悦耳之声，辐条和钢轮闪着炫目的光，轮胎滚过，灰尘轻扬。在晚边的土公路上，夕阳将落未落，邻居女孩南妮抱着他的腰，把头靠在他背上，他来来回回地骑。那时他还只有十七岁。他的个头没高多少。他未来的岳丈大人说，南妮不会和水银长久的，水银只有三堆牛屎那么高。二姑父的房子在水渠的右边，左边是一片田野。土公路切开田畴，像破开一个芝麻饼。水银有一个功放机，他把音量调到最大。《站台》《军港之夜》《甜蜜蜜》《橄榄树》，这些甜美的歌，把村里的小伙子和姑娘都吸引到他家里。在他家的厅堂里，每天晚上都有人去听歌，学跳舞。并没有师傅教，只是大家无师自通地跳。

二姑父经常对我说："一个人可以没房子住，可以没饭吃，但不能没女人。没女人就没家，房子再大都没用。"所以，他感谢这个叫春花的女人。他是一匹骆驼，浑身有使不完的力气，使家境变得殷实起来。他是个石匠。早晨挑了粪桶，浇了菜园，再去上工，中午他还要开荒种地。到了年底，他拿着一本账簿，一家一家收账——一年下来，他上工有三百余天。他看到这个矮个子的儿子在房间里和南妮搂搂抱抱，愉快地打开厨房门，吞一口小酒，唱着《喝彩曲》：

弗也，哈，今天是个好日子。

弗也，哈，今天就要上梁了。

弗也，哈，明天媳妇讨进门。

弗也，哈，后天生个胖娃娃。

……

他的粪箕比较特别，一般的粪箕是竹篾丝编的，他则用熏烤的柳条。因而笨重结实，一担粪箕可以挑一百多斤。他盖房时，一栋屋子的石料都是他一担一担从河里挑上来的，挑到公路边，转用平板车拉。他在前面拉，儿子在后面推。我到了三十岁还没结婚，他很严肃地请我到他家吃饭，说："老丈人，哦，你爷，一生最大的愿望是多孙。傅家到你父亲这一辈，十三代单传，你读书有工作了，你不能以为你和其他兄弟有什么两样，你的鞋子下面长着厚厚的泥巴，走到哪儿泥巴也脱不下来。你看看水银，小孩都快小学毕业啦，水根都生小孩啦。现在你父母健在，有一天不在啦，你连过年的地方都没有。"

参加工作那年，我十九岁，水银结婚，振宇考到煤炭学校，庆剑在一个山区里做电话线维护工。庆剑背一个电工包，帆布的，在崇山峻岭间，爬上电线杆，把断掉的电话线维修好。他头圆脸圆嘴巴也圆，笑起来像一条胖头鱼。

有一年，大表哥水金回家了。这是他去军营后第一次回家。他见了他外公，紧紧地抱住。他外婆哭得全身瘫软。他离家八年，只有书信回家，人在南昌西山以及其他几个地方转来转去。他回家探亲，各家各家地探望长辈，带着烟酒和土特产、糖果、布料。八年来，二姑每次拿到表哥邮寄来的照片，就往娘家奔。他外公外婆都已经年过八十，外婆的眼睛常常流出浑浊的泪水，耳朵都快失聪了，外人说话要扑在耳边，大声喊。他外婆常年抱着火熜，即使夏天也不例外。二姑父不识字，叫水银一遍一遍地读，一边听一边喝酒，边喝边流泪。作为父母，他们从没有看望过远在南昌的儿子。坐三个小时的汽车到上饶，转半天的火车到南昌，可是这个年轻军官的父母，走得最远的地方是八里外的小镇郑坊，哪有能力去呢？二姑几次收拾好包裹，要去南昌，走到小镇坐车，被二姑父拖了回来。二姑说，天天睡不好，睁眼到天亮，比死还难受。二姑切菜，一刀下去，切了半边指甲；碗洗好了，抱碗去碗柜，哗哗哗，摔了一地；坐在院子里剥豆子，剥剥，哇地失声大哭。她偷偷跑，跑到车站去，想去西山。在表哥去当兵的第四年的秋天，她在中午和晚边，一天不落地站在土公路边，看见客车就问："有当兵的小伙子回来吗？"她听说，当兵四年可以退伍，她想她儿子该回家了。一直等到过年，她都不见儿子的身影。在那些年里，回信都由我父亲代笔。我父亲有一手漂亮的毛笔字，行书。父亲磨好墨，把挂在壁板上的毛笔取下来，问二姑父："有什么交代儿子的？"二姑父说："没有。"问二姑，二姑说："想摸摸儿子的脸。"父亲把红边镏金的信纸铺在饭桌上，信笔落下：

儿，水金：

父母大人一切安好，你放心在军营里工作，为国家效力。厨师长是非常重要的职务，关系到军人的身体健康，让军人吃好吃饱是你头等大事。家里今年产了八十斤茶油，粮食够吃，猪出栏了三头。父母身体健康，你勿念。外公外婆健康，勿念。弟弟水银小学毕业了，和你妹夫难民学木匠。水银快结婚了，姑娘是邻居南妮，人聪敏，爱打扮。

……

父　英良

舅　土生代笔

×年×月×日枫林

写好信，父亲念一遍。二姑说："我看看。"她一拿到信纸，泪水啪嗒啪嗒地落，滴在纸上，未干的墨水洇散。信纸放在火熄上烤一下，纸张卷起来，墨水显影出渍迹，斑斑点点。

三斤白糖、两根红参，给外婆；一瓶虎骨酒，给外公；一匹灯芯绒布，给舅妈；一件军大衣，给舅舅；两斤糖果，大家吃。水金给我家的礼物，用一个提篮提进外婆的房间。接连三天，二姑三姑我家，连开酒席，迎接年轻军官的到来。父亲还买来四万发的鞭炮，在院子里砰砰砰地放，硝烟呛鼻。表哥已经转为商品粮户口，成了一名志愿兵。

第四天晚上，二姑父满嘴酒气地坐在我家，对我父亲说："哥郎，水金探亲，想物色一个姑娘，你看看哪个合适？"父亲拿出笔，把村里的好人家写出来，说："合适的只有一个，初凡，可初凡不一定同意。"父亲的话是有道理的。全村只有初凡一个女孩子吃商品粮，在景德镇工作，貌美，不是表哥想得到就能得到的，更何况初凡根本不认识表哥，一点基础也没有。父亲叫我大哥：“把瑞启叫来，一起商议。”瑞启就是我三姑父，远远近近的人家没有他不熟悉的。石匠能把各种形状的石头砌进墙，三姑父能把各种条件的人家搭配，去说合，一次不成两次，三次上门就定了，吹吹打打的唢呐铜锣响起，迎进了门。三姑父骑一辆载重的飞鱼牌自行车，链条当当当响，来了。喝一口浓茶，把烟捏实，三姑父说：“行不行，明天上午去全家，探探全初凡父母的口风。如果不成，转身去郑坊徐家，徐家有一个女儿，吃商品粮，待业在家，叫丽娟。她姐夫是汪村乡书记，解决丽娟的工作不是问题。”二姑父一块石头落了地，像似姑娘已经开口叫他爸了，说：“这么好的事情，喝喝酒吧。”把裤兜里的全良液酒抽出来，分在杯里，四个人喝了起来。

全家离我家不足一里，表哥穿一身军装，英气扑面。他服役的部队是武警，练过多年的武功，身材瘪瘦但刚硬。他的模样没多大改变，只是口音变化很大，讲不了三句土话就夹杂一句普通话。我们听得有些别扭。到初凡家，没坐到一个小时就回来了。初凡不在家，还在两百公里外的景德镇上班。她爸爸是个高级领导的司机，也不在。她妈说：“现在的年轻人都时兴自由恋爱，我哪敢做主呢？我初凡能嫁给水金肯定是好福气了。烂泥撑师傅还年轻，做事是好手。水金前途无量。只是初凡的想法和大人不一样，等过年回家我问问她。”

相亲如救火，哪能等呢？三姑父要了初凡的通信地址，说：“先通通信吧。”也把水金的地址留给了全家。出了门，三姑父就用留有地址的纸片点香烟了，说：“去徐家，我和水金去，你们回家等消息。”二姑连连说：“屁股没坐热，虎骨酒去了两瓶。”三姑父说：“成不成，烧酒两三瓶，偷鸡还要一把米呢，钓鱼还要一条蚯蚓呢，你见过拜佛不要上香的？”一直到了晚边，他俩才回到家里。二姑父魂儿丢了似的，一会儿问水银：“准成了，要不然早回了。”水银说：“可能不成，去另一家呢。”一会儿问他老婆：“可能不成了，不然中途该捎信回来。”我父亲说：“戏有了，可能瑞启喝高了。”果然是这样。这么好的事，晚上七碗八盘，接着喝吧。

高兴了几天，水金回了军营。我未来的表嫂一直送他到了上饶。父亲对我说：“你要好好读书，走出枫林。你算算，整个村子，考上大学的只有其兴、瑞忠、文科、易荣，吃商品粮的人家只有两户，这里只适合鸟拉屎。”

没过几年，水根也去了新加坡。他是随省一建公司劳务输出，做木匠，要三年后才回来。二姑不肯，说：“民国逃命才去南洋，家里有吃有穿去讨什么呢？”水根是个犟驴，硬拗，说：“枫林上工一天木匠活才七块半，去新加坡有一百五十块，傻子也会去。”他连夜爬出阁楼上的窗户偷偷逃走了。

在某一个角落里，有一种东西野草一般，雨水路过它，它会茂密起来。无论四季如何轮回，它的根系深深扎在厚实的土壤里。每一个人的心里都有一个这样秘密的角落。就像枫林，每一栋房子都有一个院子一样。小院里有的种芭蕉月季，有的种橘子鸡冠花，有的种桂竹葡萄。朗朗的月光照耀。事实上，祖母是个精打细算饱尝生活苦楚的旧社会样式的女人。她慈爱恭和，但又泼辣强悍。她有一个烤火炉，铁质的，嵌入一个四方形的木框里。深冬初春，炉里旺旺地燃起硬炭。炭是深山硬木烧的，无烟，耐烧。春节，我们围着火炉取暖。她在火炉里煨了三个盅，把收到的拜年礼包拆开，桂圆冬枣煨汤，放几粒冰糖。外甥孙子，一人一盅。冰糖在水里慢慢化开，水咕噜咕噜地冒泡，桂圆熟了，入口即化。炭火跃跃地腾起，幽蓝的光映衬在脸上，祖母坐在椅子上，围着深蓝的布裙。她又说起丧夫后她如何颠着小脚来到枫林。她说："我小叔，每年都来借谷子，一次也没还过。也是一点情在。"她前夫的弟弟，每到春荒时，来借稻谷度粮荒，年年借，也不还，借了三十多年。她说："我来枫林时，你爷爷只有一间茅草房，他整天玩铜钱，不做事，是我撑着。你看看，我们现在也是大户人家。"祖母把我们几个小孩的头逐一地摸摸，说："我要去了，时间不长的。"我们嬉笑地问："去哪儿？"我们知道她的意思，只是取闹她。她说："去那个地方，很远的。"说着说着，头耷拉下来，祖母睡着了。小木窗幽暗的光线滑过她的额头，掀起慵倦的波纹，春光寂寂，小雪又一次悄悄降临。

祖母去世后的那几年，三姑父的手头特别紧张。我在市区上班，他第一次也是唯一一次找我。高考刚结束，他说："和你商量一下，振刚下半年读书，是选择委培还是补习呢？再补习一年耽误时间，已经补习一年了。"他抽着烟，手不时地捏烟头，看看，捏捏，再吸。我给了他三千块钱，说："委培吧。”他推脱了几下，收下了，说：“这是你一年的工资呢，你对刚刚这么好，他会记得的。”留他吃饭，他执意要走。他穿一双皮鞋，黑色的，鞋头跟鳄鱼嘴巴一样张开，走路吧嗒吧嗒。他说：“老三还在江光技校读书，收拾一下东西接他回家。”过了几天，振宇到我这里，说起振刚读书的事，说：“我爸爸想我出钱，负责学费，六千多块，我出三千够可以了。”我说：“你不能这样说，他那点工资，你们三个书包背得他喘气都缓不过来，就那么一碗水，哪够抽水机抽呢？”振宇在乡政府上班，平时做点小生意，手头留了钱。他说他可能快结婚了，房子在哪都不知道。“回钱墩呀，你老房子是古式建筑，很好的。”我说。“在钱墩过不了三天，永清会和我妈散伙。我妈难相处，和外婆一模一样。”振宇说。他矮矮墩墩，戴一副黑边眼镜，说：“结婚可能要三万块，我只有万把块钱，钱在哪家银行还不知道。”

到了结婚前三天，他给我打电话：“我是振宇，我还差些钱。”我屁颠屁颠地跑银行，给了他一万。他说：“酒席收到礼金，还你。”直到去年年底，他才还上最后三千，他女儿都读初中啦。他坐在副驾驶的座位，把钱给我，又拿回去，点一遍，再给我，说：“不好意思，这么多年啦。”他穿一件棉大衣，刚喝了酒出来，可能身子有点冷，手发抖。我拍拍他肩膀，说：“别说傻话啦。”他下了车，站在槠溪大桥头，身子缩在棉衣里，手卷进袖子里，头发有几缕灰白。我想叫他一起去市区吃饭，想想还是算了。我回头看看他，他还站着，在打手机，最后在虚光里成了一个光斑中的点。除了每年正月坐下来吃一餐饭，兄弟间都有七八年没促膝聊聊了。开车的学云问：“你不说话干吗？”我说：“烟抽完了，给我一支烟吧。”狠狠地吸了两口，我把烟头扔出窗外。烟头翻了几个跟斗，飘到槠溪河里。

有几个时段，我是一定要回家的：清明，端午，中秋，春节。我几乎不在外面过年，我恪守“父母在，不远游”的传统。父母就是这样，哪怕看一眼孩子都是心满意足的。一个大家族，随便坐坐，有七八桌人。父亲说：“吃个饭坐坐，一年总要看上一眼，看一眼少一眼。”他发话，没有谁不从的。大姑一家，其实就一个人，大表哥烂铜，他儿子不知在哪家看守所，媳妇跟人跑了，十几年都没回家。二姑一家二十来人，三姑一家十几人，我们家里四十几人。庆剑偶尔也来。他至今未婚，没过门的媳妇生下小孩后嫁给他人。庆剑在宁波做婚庆公司的主持人，一年四季都是西装革履，头发溜光，口若悬河。三姑家的老二在舟山开公司，收入不菲。老三在温州做苗木工人，说话有些结舌，忠厚诚恳。老三前年离婚，问我：“女方提出离婚，要给我青春损失费。”我说：“人都没了，要那点钱干吗呢？更何况离婚哪有这样的费用，只是财产分割。”

说实在的，有时候我害怕回枫林，怕看见一些东西。今年清明，我陪我母亲聊天时，二姑父来了。他的脚有些中风，拖着步子走。前几年他骑三轮车代步，有一次连人带车翻进水沟里，差点憋死。二姑再也不让他骑了。他走到路口，用右手捂住脸，小孩一样哭起来：“他们抢我的碗，不让我喝酒。”他左手拿着旱烟管。我给他让座，泡茶。我说：“上次我给你买了十五斤酒啊。”二姑父说：“十五斤只喝了十来天，还是省着喝。”二十年前，他患上哮喘。十五年前，他患上高血压。五年前，他彻底丧失劳动能力。三年前，他患上老年痴呆症。我用抹布把他的袖子和前襟擦了擦，说：“还是少喝，少喝益于健康，你这个身体不适合饮酒。”“老侄儿，还是你好，关心我这个老姑丈。”他也没坐坐，吸了一支烟，转身走了。也不是走，而是步子挪开，脚尖靠着前脚跟，挪一步，费劲地转一下上身。他的袖子和衣襟上，油蜡蜡地发亮，菜渍一朵一朵。“你二姑嫌弃他，幸好儿子儿媳看重。人老了，老得路都走不了，不如死了。你看看，他以前来傅家只要三分钟，现在一个小时都不够。”母亲说。“二姑怎么可以这样呢？我要讲讲她。”我说。“有什么可讲的，你做小辈的，怎么开口？”母亲说，“你二姑父也越老越小孩样，不准吃的东西他偏偏吃，怄气地吃。”我一时无语，快步走到路口，给二姑父两百块钱，牵着他回去。他的手冰凉的，粗糙，皮肤上有疙瘩，葱油饼一样。我想起我家做房子时，他天一亮，手拿钢钎夯地基，把钢钎狠狠地插进焦土里。他打赤膊，浑圆的臂膀握住钢钎，嘿呀吼呀，钢钎深深地吃进土里，撬开礁石。世界上没有什么坚硬的东西是他的钢钎不能插进去的。 他的背像一块巨大的山涧石，雨水打上去，四溅而散——那是一面绷紧的鼓，咚咚咚，棒槌越重鼓声越响亮。此刻，我牵着他，觉得他稻草一样轻飘，只是浸透了水，显得笨重而已。 他说两句话，用手抹眼睛，呜呜呜哭起来。他的话语浑浊，含混不清，有些词我听不清晰。“酒……岳丈……”喘气声河水一样漫上他的口腔……他戴着一顶草帽，有一圈外边脱线了，掉了下来。草帽是麦秸编织的，因为破旧，已经由白色转为黑褐色。有风，草帽被掀起来，只戴了半边，我把草帽扶正，又被风掀开。他的身上有一种腥臭味，蛇腐烂的气味。十年前，我们都劝二姑父不要喝酒。高血压，哮喘，喝酒等同于喝毒。他爽朗地笑，说：“我怕死干什么？那么艰难的生活我都过来了，大雪天赤脚，雨天蓑衣都没有。爱酒就是爱生活，我始终都是胸膛灼热的，酒都不热爱了，活着有什么意义呢？空欢喜一场。”他一个人睡在饭厅后面的房间里，睡到半夜也要喝两口酒，剧烈地咳嗽，早上门打开，一股旱烟冒出来。

枫林，灵山下，饶北河拉开满弓的小村子，夜晚叽叽叫的虫儿从墙角，从水渠边，从芝麻秆上，从南瓜的藤蔓上，随月亮上升。我躺在床上看电视，母亲一直坐在我身旁。我们都没说话。她双手扶着脸。父亲说：“人老得真快，烂泥撑都有四年没来傅家喝酒了。”他一个人端一张小桌，趴着吃，一小碗菜，怪凄凉的，吃饭的时候，脑袋都耷拉下去了，筷子夹不住菜，只能用勺子。我转头望了一眼父亲，他的口腔全瘪了，牙齿在某一天跑光了，而我毫不知晓。像一只饥饿的老鼠，打洞偷吃，吃饱了，一溜烟不见踪影。窗外，滴滴答答，又一年的雨季到来。绵长的雨季，草木葱茏，鱼群在河里悠悠浪游。

漆黑的夜，雨在下，我静静地听着，河流带走雨水的声音，嘶嘶嘶。

后记
生命气场是散文的第一要素

二〇一五年九月，在广东参加笔会。圆桌茶话会时，作家们畅谈当下的文学，有个别小说家说起散文时，口吻和态度比较蔑视散文这个文学样式，说，当下的散文，充斥着虚假和修辞，越来越不成散文的样子。当然，这也正常，当下的文字圈本来就是怪胎，写长文字的看不起写短文字的，写分行的看不起写不分行的，做影像的看不起写字的。我发言时，探讨式地问小说家："你对当下散文了解吗？读过多少当下散文？"小说家不置可否地摇摇头。显然，他对散文的认识是有限度的，也有偏见。即使是散文界，对散文的认识也有比较大的分歧。很多人的审美还停留在周作人、冰心、刘白羽、林语堂的阶段。